木野塚探偵事務所だ

樋口有介

警視庁（ただし経理課一筋三十七年）を定年退職した木野塚佐平氏。フィリップ・マーロウ，リュウ・アーチャーなど，ハードボイルドに心酔する氏は，長年貯めたへそくりを元手に，憧れの探偵事務所を開業する。しかし，凶悪事件の依頼どころか，念願の美人秘書もやってこない。そんなある日，近所づき合いで掲載した業界紙の広告から，ひょんな依頼が舞い込んでくる。記念すべき木野塚探偵事務所最初の事件は，何と，金魚の誘拐事件だったのだ。気鋭の著者が，愛すべき老人探偵・木野塚氏の活躍（？）を描く，大爆笑必至のハードボイルド連作集。

木野塚探偵事務所だ

樋口有介

創元推理文庫

THE OFFICE OF DETECTIVE KINOZUKA

by

Yusuke Higuchi

1995

目次

木野塚探偵事務所だ

名探偵誕生

その朝木野塚《きのづか》氏は、庭のプランターに実をつけはじめたナスの鮮やかな紫色を眺めながら、ついに積年の野望を夫人に告白する日が来たな、と確信をもった。梅雨も明けそうな季節で、周囲をとり囲んだマンションや二階建て住宅の隙間《すきま》から黄色い朝日が、元気よく流れ込む。戦前は一面に田圃と桑畑だったこの辺りも、JRの荻窪《おぎくぼ》駅から徒歩で二十分という環境から、今ではそこそこの高級住宅地に変わってしまった。敷地を分割して建てたアパートが分不相応な収入をもたらすにしても、木野塚氏は無自覚にその幸運を喜ぶ性格ではなかった。東京の地価が高騰したのも、六畳一間にユニットバスだけのアパート代が十万円もするのも、自分の才能でないことはちゃんと承知している。

その反面生きてきた六十年の時間が、人生になんの実りも与えなかった事実については、自分の優柔不断さが原因だったと真摯《しんし》に反省していた。臆病で行動力に乏しく、信念や意志力とも無縁に生きてしまった。その結果が今の無為な生活であり、人生の終焉《しゅうえん》を漫然《まんぜん》と眺めているだけの、夫人と二人だけの空虚な日常である、と結論づけていた。

木野塚氏の人生における最大の失敗は、考えるまでもなく、夫人との結婚だった。向上心がなく、気に入った女性に交際を申し込む勇気もなく、親戚が用意した見合い相手である夫人と納得のいかないまま結婚し、納得のいかないまま三十年の結婚生活をつづけて、子供もできないまま木野塚氏は今、人生の四分の三を終わろうとしている。

「そうなんだよなあ。平均寿命まで生きるとしても、わたしの人生はあと、十八年しか残っていない」

もう頭の回線がショートするぐらいくり返した計算を、木野塚氏はプランターのナスを眺めながら、憮然《ぶぜん》と再確認した。迫ってくる死への恐怖にか、茶の間でテレビに見入っている夫人に対する嫌悪にか、唇がわなわなと震えてくる。夫人は一時間後に、カルチャースクールの友達と旅行に出かけるという。今日のこの間隙《かんげき》をおいては、自分の計画を宣言する機会など、永遠にやって来ない。

縁側から腰をあげ、テレビに見入っている夫人の横顔を眺めながら、卓袱台《ちゃぶだい》の端まで歩いて、よっこらしょと木野塚氏は腰をおろした。夫人の横には支度の整ったルイ・ヴィトンのボストンバッグが、偉そうに鎮座している。

「ええと、あんた、もう旅行の支度はできてるのかね」と、努めてさりげなく、木野塚氏が訊いた。

「支度なんか昨日からできていますわよ」と、テレビから視線をはずさず、欠伸《あくび》をこらえるような声で、夫人が答えた。「本橋様の奥様がね、クルマで迎えにきてくださるの。旦那様が羽田《はねだ》まで送ってくださるんです」

「急に暑いところへ行って、躰《からだ》をこわさんようにな」

「暑いわけないでしょう。梅雨を避けてわざわざ北海道へ行くんですから」

「いや、北海道も、天気がよければ暑かろうという意味だよ」

木野塚氏は夫人の旅行先を沖縄だと思い込んでいたのだが、それがハワイだろうとシベリアだろうと、木野塚氏の人生になんの関係がある。いっそのこと月へでも行って帰ってこなければ、どれほど世の中が平和になることか。

「あんたに、ちょっと、相談があるんだが」

「台所にパンとカップラーメンが買ってあります。朝飯はそれで済ませてくださいな。夕飯は来来軒でもスガノ屋でも、出前ぐらいとれますでしょう」

「食事のことではないよ。つまり、あれだ、前から考えていたんだが、わたしも仕事を始めようと思って、一応あんたには、言っておく必要が……」

テレビに向けていた視線を、夫人が一度だけ、ちらっと木野塚氏の顔にふり向けた。それが木野塚氏の発言に興味を持った仕種《しぐさ》でないことぐらい、木野塚氏は三十年も前から知っている。

「あなたもお若いんだしねえ。家でぶらぶらしているより、そりゃまあ、世間体はよろしいですわねえ」と、派手な色に染めた髪を胡散《うさん》臭そうにゆすって、口の端をねじ曲げるように、夫人が言った。

胸のうちに込みあげてくる熱いものが、一瞬木野塚氏の視界を攪乱《かくらん》した。しかし深呼吸をして、精神を集中し、静かに、木野塚氏が口を開いた。

「実はね、わたしは、探偵になろうと思うのだ」

「あら」

「探偵というのは、私立探偵のことだがな」

「まあ」

「今思いついたわけではない。若いころからずっと、考えていたことだ」

「どこか興信所から、お誘いでもありましたの」

「興信所に勤めようとか、開こうとか、そういう意味ではないよ。わたしはフィリップ・マーロウのような私立探偵になりたいんだ」

卓袱台の端にかかっていた夫人の肘が、ずるっとすべって、厚く化粧をした粘土細工のような目が、不審と軽蔑をたたえて木野塚氏の顔を睨みつけてきた。

「あなたが何のようにですって？」

「フィリップ・マーロウのような私立探偵だ。わたしだって三十七年間警察に勤めていた。資格はじゅうぶんにある」

「本橋様の奥様が迎えに来るというのに、なぜあなた、そんなことを仰有《おつしや》るのよ」

「その奥さんがあんたを迎えにくることは聞いたよ。しかしそれとわたしが警官をやっていたことと、なんの関係がある」

実を言えば、現役時代の木野塚氏の身分は警視庁職員であって、厳密にいうと、警官ではなかった。結婚当初からそのことは夫人にも説明していたが、夫人は金輪際理解しようとしなかったし、木野塚氏もそれ以上解説してやる気にはならなかった。夫人には警邏《けいら》と経理《けいり》の区別もつかないのだし、警視庁に勤めていればみんな警察官、と思い込んでいる世間の常識に対しても、異をとなえる義務は感じなかった。

「まあ、とにかく、そういうことだ」と、意識で卓袱台の上に透明な壁をつくり、顎の先を庭のほうへ向けて、木野塚氏が言った。「幸い子供もいないことだし、躰に悪いところもない。警視庁に三十七年間も奉職したこの経験を、無駄にしたくないんだ。探偵になることは、わたしの、宿命なのだ」

「ひとつお訊きしていいかしら?」

「なんでも訊いてくれ」

「あなたがその私立探偵とやらを始めたとして、朝のゴミ出しはどうなりますの」

「それぐらいは、まあ、わたしが続けてもいい」

「危険物も今までどおり出してもらえるんでしょうね」

「危険物もわたしが出す。不燃物の分別《ぶんべつ》もつづけてやる。なにも問題はないんだ。あんたは今までどおり、朝の九時まで寝ていて構わないよ」

くしゃみをしたのか、欠伸をしたのか、夫人が尻ごと躰をひねって、長く木野塚氏のほうにため息をついた。

「それで、あたくしにどうしろと仰有いますの」

「どうもしろとは言ってない。約束するよ。この件に関してはあんたに、一切迷惑をかけないつもりだ」

「まさかあなた、アパートのお家賃を?」

「そんなことは考えてもいない」

「本当かしらね」

「道楽で私立探偵を始めるわけではない。立派な社会事業であり、純粋な営利事業だ」

「なんでも構いませんけど、もうすぐ本橋様の奥様が見えるんですよ。あなたってあたくしの事情を、少しも考えてくださらないんですから」

夫人の理不尽な感想は相変わらずだったが、しかし恐れていたよりもうまくことが運びそうな状況に、内心木野塚氏は、ほっと胸をなでおろした。木野塚氏のすることにはなんでも反対する夫人が、今日にかぎって柔軟な対応をしてきたのだ。もう気持ちが北海道へ飛んでいるのか、旅行を前に持病の偏頭痛を警戒したのか。木野塚氏にしても家賃収入など最初から予定になく、結婚以来培ってきたへそくりの金額には、じゅうぶん自信があった。探偵の仕事柄、朝のゴミ出しには苦労するかも知れないが、積年の願望が実現するとなればそれぐらいはまあ、我慢しよう。

三十七年間、警視庁入庁以来、木野塚氏はひたすら電卓の操作と帳簿の整理に追われてきた。一課や二課や公安の刑事が活躍する日の当たる場所を横目で眺めながら、伝票の計算と予算の配分だけに全人生を費やしてきたのだ。庁内では実直な経理課員、と評価されないこともなかったが、本心では殺人犯人を追いかけて徹夜の張り込みをつづけたり、名推理を働かせて三億円事件の強奪犯人を捕まえたり、そういう華やかな活躍をずっと夢見てきた。唯一の趣味は推理小説を読むことで、マニアとはいかないまでも、その経験から、どんな難事件にも対応できると自負していた。若いころはアガサ・クリスティやエラリー・クイーンといった本格ものが好みだった。四十を過ぎたころからは私立探偵が活躍する、ハードボイルドに興味が傾いてきた。リュウ・アーチャーやフィリップ・マーロウやマイク・ハマーや、とにかく、その種の探偵小説を読んでいると、そこに自分の願望と人生の理想が完璧に投影されているのだった。男と生まれたからには、一度でいいから、心から情熱を燃やせる生き方をしてみたい。納得できる仕事で人生を完結させたい。警察が見放した難事件を解決して週刊誌にのってみたい。テレビのワイドショーにも出演して、専門家の立場から保険金殺人事件の解説をし、それにできたら、ついでにワイドショーの美人キャスターと不倫だってしてみたい。長い間夢に見てきた、その輝くような日々が、梅雨の明けようとしている今日この日、木野塚氏の六十年の人生において、ついに現実のものとなりつつある。

「ねえあなた、どうでもいいですけどね」と、木野塚氏の野望に気づく様子もなく、鼻を鳴らして、夫人が言った。「さっき仰有ったフィリップ・モリスって、お知り合いの方ですの」

「わたしが言ったのはフィリップ・マーロウだよ。フィリップ・モリスはタバコの名前だと思う」

「似たようなものですよ。とにかくそのフィリップさんが、あなたに探偵をすすめたわけ？」

「ある意味ではまあ、そうとも言えるな」

「困ったものだわねえ。だからあたし、アメリカ人は嫌いなんです。他人の家庭をかき乱しておいて、菓子折りひとつ持ってこないんですから」

「フィリップ・マーロウも事件を抱えていて、忙しいそうだ」

「そりゃあね、あなたがゴミの日さえ忘れなければ、なにをしてくれても結構ですけどね。でもひとつだけ約束していただきたいの。もしフィリップさんが家に遊びに来ると言っても、きっぱりと断ってくださいまし。この歳《とし》になって分からない英語を聞かされたって、嬉しくも可《お》笑《か》しくもありませんわ。だいいち増田様の奥様が仰有ってたけど、アメリカ人って、日本人の五倍もご飯を食べるそうじゃありませんか」

＊

本橋様の奥様とやらが亭主のクルマで迎えに来て、夫人が戸締まりの念をおして出かけて行ったあと、木野塚氏はテレビのスイッチを切り、卓袱台の前に腰をおろしながら、庭のナスに向かって小さくウインクをした。とびあがって万歳と叫んでもよかったが、ハードボイルドの私立探偵がそんな真似をするのも、他人が見ていないとはいえ、はしたない。残された人生は十八年しかないのだ。当面の問題として、夫人が北海道から帰ってくるまでに、一週間の時間しかない。帰ってきてから突然意見を変えるという事態も、あの夫人のことだから、じゅうぶん考えられる。この一週間のあいだに事務所を開いて、私立探偵である、という既成事実をつくってしまうのだ。夫人が町内会の会計委員だろうが善福寺川《ぜんぷくじがわ》をきれいにする会の会長だろうが、既成事実というのはつくってしまえば、こっちのものなのだ。

戸締まりとガスと電気の始末を入念にチェックし、木野塚氏が荻窪の自宅を出たのは、陽射しが薄い雲に包まれはじめた午前の十一時だった。以前から探偵事務所を開くなら新宿《しんじゆく》と決めていた。朝のゴミ出しを考えても、池袋《いけぶくろ》や渋谷《しぶや》より距離的に都合がいい。都庁も歌舞伎町《かぶきちよう》もひかえていて、腕のいい私立探偵を必要とする事件も人間も、新宿には東京の他のどの場所よりも多いはずだった。変装用の小道具や、隠しカメラや盗聴マイクも探偵の必需品として頭のなかにリストアップされてはいたが、しかし事務所もなくて隠しカメラや盗聴マイクを持ち歩いたら、ただの変態になってしまう。木野塚氏が一人前の私立探偵として自立するには、なによりもまず、アメリカ映画に出てくるような甘く切ない裏町の探偵事務所が必要だった。

丸ノ内線《まるのうち》の新宿御苑前駅《しんじゆくぎよえんまえ》におり立ち、開襟シャツににじむ汗も気にせず、木野塚氏は駅前から靖国《やすくに》通りの方向へ、脱兎のごとく不動産屋まわりを開始した。西新宿や歌舞伎町は最初から眼中になかった。目指すは二丁目から五丁目にかけての、いわゆる繁華街の周辺界隈。その辺りなら裏寂しい人生の哀感が色濃く残っているし、家賃も安い。しかも表通りにあふれている健全な華やかさにも縁はない。馴染みのある地域ではなかったが、探偵としての第一歩を踏み出すには、かなり恵まれた環境であるはずだった。それになんといっても、仕事に疲れた私立探偵がぶらっと立ち寄るに相応《ふさわ》しい、空しくてハードボイルドで汚いバーが、蹴飛ばせるほど点在する。

不動産屋を五軒はしごし、新築やら倒壊寸前やらのビルを十三物件まわって、木野塚氏が最終的に決定したのは、新宿五丁目の裏通りに面した鉄筋モルタル四階建ての、築三十六年という立派にうらぶれた貸し事務所だった。南、東、西と同じような雑居ビルに囲まれ、頼んでも日が当たる心配はなく、窓から首をつき出さなければこの世に空が存在することなど、一週間で忘れられそうな部屋だった。

空いていたのはその『栄光ビル』の四階。室内にはトイレも洗面所もなく、八畳ほどのゴムタイル張りの床には刃物をつき立てたような傷があり、木野塚氏は早速、この部屋では暴力事件がくり返されたに違いないと推理した。案内してきた不動産屋は、たんに蛍光灯が落下しただけだと、軽く木野塚氏の推理を否定した。

不動産屋の人柄は信じられなかったが、しかし新宿の五丁目という土地柄、十五万の家賃は仕方のないところだった。一週間後には夫人が帰ってくるし、開業の準備は山積している。木野塚氏はとりあえず手付け金を払い、翌日本契約をすることに決めて、不動産屋を出た。そのころにはもう夕方になっていたが、木野塚氏の闘志と人生に対する充実感の前には、疲労など間違っても顔を出さなかった。木野塚氏がこれほど時間を忘れたのは、高校生のころ、憧れていた女子学生のあとを五時間も尾行して家をつきとめた、そのとき以来だった。ただ家をつきとめたという以外、行為自体は、完璧に無意味ではあったが。

その夜家に帰ってから、木野塚氏は予定どおり、夕食には来来軒の出前をとった。テレビで巨人戦のナイターが始まっても、頭のなかには当然、明日からの計画が渦をまいていた。冷やし中華にも上原《うえはら》のピッチングにも、気分はまるで集中してくれなかった。

最初に考えたのは新宿に開業する事務所の様態だった。個人商店にするか、有限会社にするか、無登録のもぐり営業にするか。だいいち事務所の名称は、なんとするか。これまでの人生で木野塚氏は、タバコの投げ捨てとか立ち小便とか、信号無視とか自転車の酔っぱらい運転とか、そのすべてに経験をもたなかった。それは木野塚氏が警視庁の職員だったことには関係なく、生まれつき気が弱くて、性格が慎重だったからにすぎなかった。

探偵事務所を開くに当たって、本来なら区役所に申請するべきであることは分かっていた。しかし生まれて初めて、木野塚氏は無頼な生き方を選択した。会計事務所を開くわけでもなく、結婚相談所を開くわけでもない。やろうとしているのはハードボイルドの私立探偵なのだ。有限会社の登録をしたり、税金をとられたりとり返したり、そんな姑息《こそく》な行為が私立探偵に相応しいとは思えなかった。もしもぐり営業が摘発されたら、国税庁でもPKOでも一人で闘い抜いてやるぞと、松井《まつい》がホームランを打った瞬間、深く木野塚氏は自分に言い聞かせた。

しかしそれにしても、事務所の名称はそれらしいものを考えなくてはならない。明日には看板の手配だって必要だろう。名刺も必要だし、近いうちに新聞広告も打たなくてはならない。プライベイトリサーチとかシークレットコップとか、小粋なネーミングに心は動いても、なにかひと息、この職業に対する哀感が不足している。そのものずばり『私立探偵』にしようかとも思ったが、どうもやはり、日本の社会には馴染まない気もする。明智《あけち》小五郎《こごろう》だって『明智探偵事務所』と命名しているのだ。そう考えて木野塚氏は新宿の事務所を、素直に『木野塚探偵事務所』と名づけることにした。『木野塚探偵事務所　所長　木野塚佐平《さへい》』と、名刺の肩書きは、当然そういうことになる。

それ以外にも、新聞に開業広告を出す前にやらなくてはならないことは、山ほどある。まず事務所に電話をひかなくてはならない。机や椅子や冷蔵庫や、とりあえずの備品も揃えなくてはならない。しかしなんといっても、私立探偵に、そして裏町の探偵事務所にもっとも必要な備品は、ミッキー・スピレーンの小説に出てくるような美人秘書だった。マリリン・モンロー級とまでは望まないまでも、グラマーで足首が細くて、煽情的《せんじょうてき》で所長には従順で、探偵が窮地におちいったときには三日も寝ないで泣き明かす。私立探偵として活躍する木野塚氏がこの場面で必要としているのは、考えるまでもなく、まさしくそういう美人秘書なのだ。

明日不動産屋と正式に契約を済ませたら、まず電話をひき、その足で求人誌に秘書の募集広告を依頼しよう。年齢は二十歳から三十歳まで。資格は電話の応対ができること。六十という自分の歳を考えると、秘書の年齢を四十歳ぐらいまでひきあげるべきか。いやいやハードボイルドに生きると決めた以上、ここは非情に徹するべきだ。秘書と探偵には当然恋が芽生えなければならず、どうせ恋が芽生えるなら、歳は若いほうがいい。その結果夫人との関係に問題が生じたとしても、私立探偵として生きるにはそういうリスクも仕方ない。自分はもうただの警視庁経理課OBではなく、年金でプランターのナスを育てるだけの年寄りでもなく、木野塚探偵事務所所長、木野塚佐平なのだ。

テレビではいつの間にかナイター中継が終わっていて、あろうことかジャイアンツは、だれかにホームランを打たれてサヨナラ負けを喫していた。木野塚氏はその結果を、珍しく冷静に看過した。これまでは考えてもみなかったが、ジャイアンツが負けたぐらいのことで、日本は滅亡しないのだった。

木野塚氏は寝酒を飲みたいなと思ったが、家にあるアルコールは夫人が料理に使うみりんだけ。中元や歳暮に酒を貰うことはあっても、貰ったそばから夫人がカルチャースクールの友達に横流ししてしまう。木野塚氏はコップ一杯のビールで、世界が変わるほど酔っぱらえる体質だったのだ。

*

翌朝は梅雨が戻ってきたような、無気力で鬱陶《うっとう》しい曇り空だった。しかし私立探偵となった木野塚氏にとって、天気も地球の温暖化も中国の経済発展も、もはや対岸の火事でしかなかった。地球環境や北朝鮮の核問題はさておき、夫人が帰ってくる前に木野塚氏としては、どうしても探偵事務所を既成事実にしてしまう必要がある。

木野塚氏は夫人が買っておいたカップラーメンで朝食を済ませ、銀行が開く時間を見はからって、さっそく一日の行動を開始した。駅前の銀行に寄って金をおろし、午前中には不動産屋との正式契約も完了させて、電話も私設の電話売買会社から即日使用可能な回線を買い入れた。

電話番号が決まり、木野塚氏が最初に手がけたのは、求人情報誌に秘書の募集広告を依頼することだった。新聞の求人案内欄も考えたが、探偵の秘書に新聞を読む能力が必要だとは思えなかった。経理や調査報告書を任せるのではない。日本語でふつうに電話の応対ができ、事件の依頼者に茶が出せて、あとは事務所の掃除ができればじゅうぶんなのだ。募集の要項に『容《よう》姿《し》端麗《たんれい》』という条件をつけるかどうかについては、慎重に考えて、今回は自粛することにした。自私立探偵の秘書を目指そうというぐらいの女なら、仕事の内容に対する自覚はあるはずだ。自分の立場もわきまえているに決まってる。『経験不問』という一行で、木野塚氏の意図するところは、暗黙の的確さで表現されているはずだった。

自分が興奮していることは自覚していた。それでも弾みがついているところで、木野塚氏は机の搬入と電話機の設置を、その日の午後、一気に片づけた。ビルの入口に出すプラスチック表札は三日ほどかかるということで、郵便受けに手書きの〈木野塚探偵事務所〉の紙を貼り、ついでに栄光ビルに入っている金魚の業界新聞と輪ゴムの卸問屋の出張所とダイヤモンド商事という得体の知れない会社に、それぞれ花園《はなぞの》饅頭を持って新入居の挨拶にまわった。三社とも社員が四、五人の小さい会社だったが、会った人間のだれもが貧相で胡散臭く、このビルはまさに、汲んでも尽きない事件の泉という印象だった。こんなビルと人間が新宿から四谷《よつや》にかけて窒息するほどあふれているのだから、商売繁盛間違いなしと、木野塚氏は大いに満足だった。

さあ、こうなったらもう、殺人事件でも誘拐事件の秘密捜査でも、なんでも来い。しかしそれにしても、二つの机に二台の電話機がのっているだけの風景では、やはり探偵事務所として哀愁不足。向かいの席で美人秘書が爪にマニキュアでも塗っていれば風情も出るのだろうが、今木野塚氏の視界にあるのは灰色の壁と鼠色の染みと、歪《ゆが》んだ木のドアといつ落ちてくるか知れない、蛍光灯だけ。明治《めいじ》通りや靖国通りからのクルマの音も聞こえず、木野塚氏の頭のなかで昔好きだった水原弘の、『黒い花びら』のメロディーが流れている以外は、蚊の羽音やゴキブリの寝息も含めて、一切が無音だった。こんなとき映画や小説の探偵は机の引出しからバーボンの瓶をとり出し、背中に人生の悲しみと疲労を漂わせながら、軽く一杯ひっかける。ワイルドターキーかジャックダニエルか、とにかく明日は、バーボンを買ってこよう。

明日はバーボンを一本買い、それから美人秘書のためにポータブルテレビを買ってやろうと、椅子から気怠《けだる》く立ちあがりながら、木野塚氏はニヒルに唇を笑わせた。

翌日にはもう求人情報誌に広告がのることに決まっていたので、木野塚氏は朝の六時に起き、ナスへの水やりとゴミ出しで時間をつぶして、八時半には事務所の所長用デスクにおさまっていた。家から運んできたのは帳簿用のノートと筆記用具と、机上辞典と民法と刑法の概略書と、メモ用紙と便箋と契約書用紙と領収書用紙と、それから三十七年間の警官生活でたった一度だけ拝受した、警視総監賞の表彰状だった。警視庁が経理事務にコンピュータを導入したとき、たまたま木野塚氏が実行責任者だった。その警視総監賞も厳密にいえば、警察官以外の者に授与される感謝状だったが、そんなことは木野塚氏が黙っていれば秘書にも顧客にも、知られる心配はない。夫人には完璧に無視されつづけたその表彰状を、木野塚氏は探偵のステータスとして、勇躍ドアの向かい側に飾りつけた。事務所を訪れた客はまずその警視総監賞を目撃し、小柄で一見風采のあがらないこの初老の私立探偵に、ポアロ氏に対するのと同等の信頼感を抱くに違いないのだ。

表彰状を飾り、事務用品を机のそれぞれの場所に配置してから、正午《ひる》ちかくまで、木野塚氏はみじろぎもせずに目の前の電話機を睨みつけていた。電話がかかってきたときの「はい、木野塚探偵事務所です」という第一声をどういう雰囲気で出すか、それはなかなか大変なシミュレーションだった。へつらってもいけないし、官僚的であってもいけない。どこかもの悲しげで、しかも声の雰囲気だけで相手に信頼感を与えなくてはならない。秘書の応募者からかかってくる電話に対する第一声が、まさしく『木野塚探偵事務所』の、実質的な幕開けなのだ。

正午までかあと五分という時間になって、しかし電話機はくしゃみもせず、温和で気の長い木野塚氏もさすが背中の辺りに、苛々《いらいら》とした汗を感じるようになった。求人情報誌に問い合わせても、間違いなく今朝の号に要項は掲載されたという。探偵の秘書を目指すような女は早起きをしないのだろうと、木野塚氏は自分の焦りに無理やり論理的な解釈をくだした。バーボンを買って『カメラのさくらや』でポータブルテレビも買って、どこかでスピード印刷の名刺もつくらなくてはならない。電話に心は残ったが、決心して、木野塚氏は外出することにした。

すべての用事をたった五十分で片づけ、持ち帰りの鮭弁当を買い込んで、また木野塚氏は事務所の机で待機の姿勢に入った。名刺もできたしバーボンの瓶も机の引出しに忍ばせた。テレビを買うついでに小型の冷蔵庫も手配してきた。態勢はすべて整い、あとは応募者が電話をかけてくるか、直接事務所を訪ねてくるか、木野塚氏の仕事はそれを待つことだけだった。二時が過ぎ、三時が過ぎ、四時が過ぎるころになって、木野塚氏の頭のなかで美人秘書のイメージが、かすかに気弱な方向にゆらぎはじめた。百六十五センチと決めていた背丈も、百五十九センチでもいいかなと思い、八十五センチ以上だったバストも八十一センチ以上と下方修正した。しかし髪の毛はさらさらのストレートで、つぶらな瞳に肉感的な唇という条件まで捨てる気には、どうしてもなれなかった。お茶くみと電話番と事務所の掃除だけで『高給優遇』しようというのだから、なにもこの時点で条件をさげる必要はない。それにこれは希望的観測だが、もし探偵と秘書の間に恋が芽生えたら、木野塚氏は、特別ボーナスだって奮発してやる覚悟だったのだ。

しかし、七時まで待って、電話も来訪者も地震もなにも来ないという現実は、これはいったい、どうしたことなのか。

初日に一人も応募者がなかった事実は、木野塚氏の心に軽い絶望と、社会に対する不信感をもたらした。しかし雑誌への募集広告掲載は二日間の契約だったので、翌日もとにかく、八時半には新宿の事務所へ出勤した。私立探偵としての実務を開始するには、どうしても活躍に相応しい美人秘書が必要なのだ。殺人事件を解決しても、国際的なスパイ事件を解決しても、可《か》憐《れん》で煽情的な秘書がはにかみながら赤い唇で頬にキスをしてくれなかったら、探偵としての人生に、どんな意義がある。

それにしてもここまで応募者が登場しないという現実に、不信感よりも、木野塚氏はそろそろ怒りを感じる心境になってきた。百人も千人も殺到することはなくても、せめて十人ぐらいは履歴書を白い封筒に入れて、探偵事務所のドアをノックする予定だった。その十人を時間をかけて面接し、お茶のいれ方を知っているか、日本語のテニヲハが正確かどうかを判断して、容姿を含めた総合判断で一人を採用するつもりだった。コンビニエンスストアの売り子や、喫茶店のウエイトレスを募集したのではない。私立探偵木野塚佐平の秘書に採用されれば、輝ける冒険と退屈とは縁のない日常が約束されるのだ。いったい今の若い女は、どういう価値規準で人生を消費しているのか。ロス・マクドナルドやレイモンド・チャンドラーの小説など、読んだこともないのか。心躍る人生がすぐ目の前にぶらさがっているというのに、一歩踏み込む勇気を、東京で暮らしている二十代の女は、だれ一人持ち合わせていないのか。

その日の午後遅くなって、運送屋が前日に手配したテレビと冷蔵庫を運んできたが、夜の八時になっても、秘書希望者のほうは一人もあらわれなかった。三日後には北海道から夫人が帰ってきてしまう。その前になんとしても、木野塚氏は私立探偵になりたかった。たとえ浮気の調査でもいいから、とにかく事件に着手し、口元に余裕の笑みをたたえて夫人と対峙したいのだ。自分がもう内気で真面目なだけがとり柄の年金生活者でないことを、目に見える事実として、はっきりと夫人に見せつけてやりたかった。容姿端麗の、二十代の女は、なぜ一人もこの苦境を理解してくれないのか。人情や寛容や相互理解や社会福祉は、いったいどこへいってしまったのか。

「言いたくはないが、こんなことでは日本の将来も、先が見えているな」と、壁と冷蔵庫とポータブルテレビと電話機を、静かに睨みつけながら、木野塚氏は暗澹《あんたん》と一人ごとを言った。

＊

木野塚氏がここまで無茶な二日酔いを味わったのは、六十年の人生で、これが三度めだった。大学に入学した直後、意気込んで入った文芸部の先輩に新宿のガード下へ連れていかれ、コップ一杯の焼酎を飲まされたのが最初だった。そのときは急性アルコール中毒で病院に運ばれて、一週間の入院をするはめになった。木野塚氏は二度と酒は口にしまいと決め、ついでに文芸部もやめてしまった。酒も飲めない自分に小説が書けるはずはないと、文学の本質を鋭く認識したのだ。

以降、ビールを口に含むぐらいのことはあっても、日本酒やウイスキーなどの強い酒は、断固人生から排除しつづけた。黙々と仕事にとり組み、安全で確実な人生を送るのが自分の目標であると、いつのころからか思い込むようになっていた。二度めに強い酒を飲んだのは、密かに憧れていた交通課の婦人警官が捜査一課の若い刑事と結婚してしまったときで、このときは三日間寝込んだだけで二日酔いを克服した。最初の二日酔いから十年がたっていて、木野塚氏もいくらかは酒の飲み方を勉強した結果だった。夫人と見合いをして結婚したのは、その失恋からちょうど一年後のことだった。

二度とあの苦しみは味わうまいと決めていながら、二日間一人も秘書に応募してこなかった現実が、前の晩、ついに木野塚氏をバーのカウンターに座らせてしまった。正式に私立探偵の業務を開始した暁《あかつき》には、いつかはぶらっと安酒場に立ち寄る構想は持っていた。しかし秘書が決まる前にそこまでの快挙に出るとは、木野塚氏自身考えてもみなかった。そのバーは事務所から地下鉄の駅までの途中にある、狭くて暗くて喧《やかま》しい店だったが、バーテンも客もみんなオカマだったという以外は、店の場所も名前も、なにも覚えていなかった。これが私立探偵になることの試練なのか、とオカマの冗談に鳥肌を立てながら、自棄《やけ》を起こして、心ならずも木野塚氏は二杯の水割りを空けてしまったのだ。

秘書への応募者はないし、二日酔いは木野塚氏にこの世の地獄を垣間《かいま》見せはしたが、それで木野塚氏が私立探偵への野望を放棄したかといえば、今回にかぎっては、そういう事態には至らなかった。残りの人生が十八年しかない現実が情熱を奮い立たせ、死ぬまでに一度ぐらいいい目を見たいという願望が、強張《こわば》った木野塚氏の膝関節に宗教的な回復力をもたらした。意志力さえあれば、人間は二日酔いも克服できるし、吐き気をおさえてカップラーメンに湯を注ぐこともできる。

正午前にはなんとか丸ノ内線に乗り込み、拳銃で撃たれた右足をひきずるような歩き方で、それでも木野塚氏は、どうにか新宿五丁目の栄光ビルにたどり着いた。掲載期間は終わったとしても、だれかが間違って前日の求人情報誌に目を通さないともかぎらない。依頼しておいたプラスチックの表札看板もできあがるはずで、これぐらいの挫折でいちいち人生を投げ出していたら、人生なんかいくつあっても足りはしない。どんな困難も粘りとタフネスで突破してやるぞと、貧血を起こしそうな意識のなかで、木野塚氏はハードボイルドに決心した。

木野塚氏が所長用の椅子に座り、電話帳に出す営業広告の文案や新聞の折り込み広告のデザインを考えているとき、どこからかは知らないが、しかしついに、来るべきものがやって来た。信念というのはこういうふうに、恐ろしくも頼もしいものなのだ。

その足音が階段をのぼってくる気配で、木野塚氏は足音の主が女性であることを、きっぱりと確信していた。第六感もずっと前からドアの向こう側を見抜いていた。秘書候補がドアをノックし、部屋のなかに顔をのぞかせる直前に、背は百五十五センチ以上、バストは七十八センチ以上と、木野塚氏は大急ぎで採用の条件を緩和した。顔も十人並みであれば文句はない。たとえフィリピン人であってもタイ人であっても、日本語さえ話せれば仕事に支障はない。飛んでいって手をとりたいほど興奮していたが、そこは人生経験と私立探偵のプライドで、木野塚氏はドアに横顔を向けたまま、じっと椅子に腰かけていた。

天は我を見放したか、と木野塚氏が人生の不条理に絶句したのは、女の子がドアを閉め、人さし指で野球帽の目庇《まびさし》をつきあげた、その瞬間だった。Tシャツからのびた華奢《きゃしゃ》な首も、丸いとぼけたような大きい目も、性別的にはなるほど、女性だった。しかし木野塚氏が広告に出した募集要項には、年齢を二十歳から三十歳までと限定してあったはずだ。間違っても、女子高校生のアルバイトを募集した覚えはない。ジーンズをはいた足の長さは条件をクリアしているとしても、尻と胸の肉は、どこへやってしまったのか。昔ツイッギーとかいう痩《や》せたモデルが流行《はや》ったことがあったが、あのときも木野塚氏は、ひたすら社会の荒廃《こうはい》を嘆いたものだ。

「へーえ、ハンフリー・ボガートみたいな人かと思ってたのに、がっかりしたな」

なにを言う。がっかりしたのはお互い様以上だ。木野塚氏のほうは六万円の広告費を出し、この三日間、まんじりともせずにその出現を待っていたのだ。ついにやって来たのが、女子高校生のアルバイトでは、怒る気にもならない。とはいえ、高校生でハンフリー・ボガートを知っているなら、知性的にはまずまず。これぐらいのアクシデントで動揺していたのでは今後私立探偵として、発展は望めない。心理的な葛藤や生きていくことの辛さを顔に出さないのが、ハードボイルドのハードボイルドたる所以《ゆえん》なのだ。

木野塚氏は頭につまっているロス・マクドナルドやミッキー・スピレーンの文章を慌てて読み直し、回転椅子を気怠く軋《きし》らせて、女の子のほうに、軽く顎をしゃくってやった。

「まあ、せっかく階段を四階までのぼってきたんだ。椅子に座ってひと休みしていってくれ」

女の子が帽子の目庇の下でくしゃみをし、担いでいたビニールバッグのジッパーをあけながら、気楽な顔で机の前に歩いてきた。履歴書でも持ってきたのかと思ったが、女の子がバッグからとり出したのは、薄くて細長い新聞紙の包みだった。

「これ、預かってきたわ。今日は調子が悪くて、三千円もつぎ込んだの」

なにを言っているのか、考えても意味は分からない。しかし他人の言う言葉の意味が分からないことぐらい、木野塚氏にとって珍しいことではなかった。夫人もテレビを見ながら休みなく木野塚氏に話しかけるが、その言葉の意味が木野塚氏には、半分も理解できなかったのだ。

「おじさん、この事務所の人？」

「わたしが所長の木野塚佐平だ」

「となりの人がスリーセブンを出してね。それでわたしが預かってきたの」

いやな予感はしていたが、女の子が手渡してよこした包みは、注文してあったプラスチックの表札プレートだった。不本意ながらこの時点で、木野塚氏としても女の子が秘書候補でない事実を認めざるを得なくなった。赤い野球帽をかぶった、男の子と女の子の中間のような女の子が秘書希望者でないと分かって、嬉しいような悲しいような、複雑な気分だった。

「請求書が入っているから、あとでお金を届けてくれって」

「君の用件は分かった。しかしスリーセブンと三千円の関係が、理解できない」

「歌舞伎町でパチンコをやっていたら、となりの人がスリーセブンを出したの。その人は台から離れられなくて、わたしのほうは三千円もすった。それで届けるように頼まれたの」

「となりの人というのは？」

「知らない人」

「たぶん看板屋だろうが、ずいぶん無責任なやつだな。君がプレートを持ち逃げしたら、どうするつもりだったのか」

「こんなもの、だれが持ち逃げするの」

「それは、まあ、世の中にはそういう人間もいる。しかしとにかく、ありがとう。冷蔵庫にコーラが入っているから、よかったら飲んでいきなさい」

木野塚氏にしても、嬉しくて悲しくて複雑な気分ではあったが、開業以来初めての女性客ではあるし、二日酔いの吐き気を我慢しながらテレビを眺めている環境にも、激しく物足りなさを感じていた。それに夏休みでもないのに、女子高校生が歌舞伎町でパチンコをしていた状況には、なんとなく、どこか、事件のにおいがしなくもない。

女の子が気おくれも見せず冷蔵庫へ歩き、缶コーラを抜き出して、帽子を脱ぎながら空いている秘書用の椅子に腰をおろした。帽子の下の髪はさらさらのストレートではなく、木野塚氏の美意識に挑戦でもしているような、腹が立つほどのショートカットだった。

所長用の椅子をうしろへひき、女の子の額の広い顔をニヒルに観察しながら、声を落として、木野塚氏が言った。

「君にもいろいろ事情があるようだ。プレートを届けてくれたお礼に、ひとつその、相談にのってやろうじゃないか」

「わたしの事情って、なんのこと？」

「高校生が昼間からパチンコをしていたら、なにか事情があるに決まっているだろう」

「探偵のくせに人を見る目がないね」

「ん、いや、探偵でも、顔だけで事件は見分けられんよ」

「そういうことではないの。わたしの歳が二十三だということ、目尻の皺《しわ》を見れば分かるでしょう」

「君が二十三？」

「いくつに見えたの」

「いや……」

「女の歳が分からないのは、人生経験が足りないからね」

「経験の種類が、もしかしたら、君とは違う」

背中とわきの下に汗が噴き出し、木野塚氏は口のなかにたまってきたつばを、思わず、勢いよく飲みくだした。女の歳なんか分からなくても困りはしないが、しかし高校を出たての婦人警官でさえ、もう少し年齢に相応しい色気がある。世の中には様々な女がいて、様々に難しい人生を背負っているものだと、木野塚氏は自分の勘違いを素直に反省した。

「興信所や信用調査会社はよくあるけど、そのまま私立探偵というのも、珍しいね」と、コーラの缶に口をつけ、室内を生意気な目つきで見まわしながら、女の子が言った。「この事務所、開いたばっかり?」

「そんなところだが、その、どうして分かるね」

「部屋にカレンダーが飾ってない。入口の郵便受けには紙が貼ってあった。そのプレートも開業したからつくったわけでしょう」

言われてみればそのとおりで、女の子に特別な推理力がなくても、それぐらいのことは状況で判断はつく。

「まだ二日か三日というところかな。事務員とか助手とかも、ただいま募集中」

「君、もしかして、『転職ジャーナル』を見てきたんじゃないのか」

「転職ジャーナルって?」

「いや。違っていれば、それでいい。だけどわたしが秘書を募集していることが、なぜ君に分かるんだね」

「人を雇うつもりだから机が二つあるのよ。それにこの机は新品。新品で一度も使ってないわ。引出しが開かないようにテープが貼ってある。表面に傷はないけど、少し埃《ほこり》が溜まっている。事務員がいれば毎朝机を拭くはずだし、ゴミ箱だって用意してくれるわね」

とぼけた顔をして、この手足のひょろ長い女の子はなかなかの観察眼だと、第一印象で感じた落胆を、木野塚氏はいくらか修正することにした。備品はすべて調ったと思っていたが、カレンダーとゴミ箱は、なるほど、探偵事務所にとっても必需品であるに違いない。

「わたしね、暇なのよ。おじさん、秘書を募集してるの？」

「そう……いい人材がいればと、軽い気持ちで考えている」

「軽い気持ちで転職ジャーナルに広告を出したの」

「なんというか、探偵事務所を経営するには、いろいろ難しい条件もあるわけだよ」

「わたし、大学は経営学部だった」

「ほほう、君が大学を出ているのかね」

「わたしが大学を出ていたら、いけない？」

「そういうわけではないが、人間というのは見かけと中身が一致していないと、相手に対して失礼になる」

「へんな理屈ね」

「わたしの、唯一の座右の銘だ。それを称して『心貌合一《しんぼうごういっ》』という」

「おじさんが私立探偵に見えないのは、逆合一？」

声を出しかけて、しかし釈明の台詞《せりふ》が思いつかず、必然的に木野塚氏は、いわゆる絶句という状態におちいった。事務所は開設したし、壁には警視総監賞が飾ってある。机の引出しにはバーボンの瓶だって忍ばせてある。昨日は安酒場に寄ってオカマを相手に自棄酒まで飲んだのだ。これだけ条件をそろえながら、それでもまだ自分が私立探偵に見えないのは、本質的な部分になにか、欠陥があるのか。このまま私立探偵への道をつきすすむべきか、突如、木野塚氏は不安に襲われた。それもこれもパチンコ屋で女の子のとなりに座った男がスリーセブンを出したことが、すべての原因なのだ。

「ああ、君、そんなにわたしは、探偵に見えんかね」

「見えないわね」

「うーむ、なんとも」

「感心はするけど」

「ほうう?」

「いかにも刑事らしい刑事とか、探偵らしい探偵では仕事がやりづらいわけでしょう」

「や、まさに、君の指摘は、大いに的を射ている」

頭の混乱を整理しながら、女の子の意見に勇気づけられ、力強く木野塚氏がうなずいた。

「私立探偵というのは一般の職業とは違う。理屈の裏を攻めなくてはいかんのだ。わたしは努めて目立たないよう、意識的に風采のあがらない中年紳士を演じている」

「そうだと思ったわ。おじさん、よく見るとチャーミングな顔をしてるもの」

「わたしが、そうかね、まあ、その、隠そうとはしてるのだが、自分の事務所にいると、つい気が弛《ゆる》んでしまうのだよ」

女の子がコーラの缶を顎の先でとめ、丸い大きな目で、素直な笑い方をした。肉づきや髪の長さを別にすれば、けっこう美人ではないかと、このとき木野塚氏は初めて女の子の顔立ちに気がついた。髪なんか半年もすれば肩までのびるだろう。規則正しい生活をすれば胸だって腰だって、年齢相応にふくらんでくる。なんといっても木野塚氏は秘書を募集しているわけだし、女の子のほうは探偵事務所に勤めたがっている。女の子が歌舞伎町でパチンコをしていたのも、となりの男がスリーセブンを出したのも木野塚氏が二日酔いをおして出社してきたのも、これすべて、天の配剤か。

「ええと、君、まだ名前を聞いてなかったな」

「梅谷桃世《うめたにももよ》」

「本当に勤める気があるのかね」

「一度私立探偵をやってみたかったの。わたし、キース・ピータースンの大ファンよ」

キース・ピータースンがなに者にせよ、少なくともタバコの銘柄ではないだろう。教養や学歴がどうであれ、大学を出ているなら茶のいれ方ぐらいは知っている。とにかくさし迫った問題として、明後日には夫人が北海道から、帰ってきてしまうのだ。

静かに立ちあがり、机から部屋のまんなかにすすみながら、混乱と陶酔と自棄と希望が混じりあった心境で、木野塚氏が言った。

「決めたよ。梅谷桃世くん、君を木野塚探偵事務所の第一秘書として、今日づけで採用することにしよう」

梅谷桃世も立ちあがり、片手にコーラの缶を持ったまま、もう一方の手をしっかりと木野塚氏にさし出した。梅谷桃世の指は細く冷たく、躰つきと同じように長く骨ばっていた。木野塚氏が夫人以外の女性の手に触れるのは、実に二十年ぶりのことだった。この瞬間、名実ともに、そして仕方なく、私立探偵木野塚佐平が誕生したのだった。

木野塚氏誘拐事件を解決する

直接空はのぞけなかったが、向かい側のビルの看板を今日も肩が凝るほどの陽射しが炙《あぶ》っている。考えなくても季節は夏で、木野塚氏が新宿の片隅に探偵事務所を開いてから、もう一ヵ月がたつ。

この一週間ほど、木野塚氏は自分が探偵になったことに、憂鬱な猜疑心《さいぎしん》を抱きつづけていた。新聞にも折り込み広告を入れたのだ。NTTのタウンページに業務案内も掲載した。スポーツ新聞の広告欄にも『秘密厳守。格安調査』の広告は打った。設備のすべてを調達して事務所の体裁を整え、当初希望していた『美人秘書』とまではいかなくとも、一応梅谷桃世という女の子を秘書用の椅子に座らせることもできた。万全の配慮で下準備を完了し、勇躍探偵事務所を開業したというのに、客のほうが、なぜか今日まで、一人もやって来ないのだ。

最初の十日ほどは、木野塚氏だって事態の推移を鷹揚《おうよう》に見守っていた。開業して即殺人事件の依頼がとび込むほど、この業界も甘くはないだろう。一般市民は殺人事件の捜査を無料《ただ》だと思い込んでいて、まず警察に依頼する習慣がある。しかし他のどんな商売でも理屈は同じ。無料《ただ》で思いどおりの結果が得られることなど、めったにあるものではない。そうやって事件が長びき、解決の目処《めど》が立たないことが分かってきて、被害者や家族はやっと探偵事務所に仕事を持ち込んでくる。事件が発生して警察経由で仕事がまわってくるまでに、早くても一週間か、遅ければ一ヵ月か二ヵ月の時間差がある。

木野塚氏は最初の十日間、その理屈をずっと自分に言い聞かせていた。二十日が過ぎても、まだ気持ちのどこかにかすかな余裕を残していた。毎朝新聞を広げ、殺人事件や強盗事件の発生を認めるたびに、そのうちこの仕事は自分の事務所にまわってくると、内心にんまりと微笑んでもいたのだ。しかしそれから日がたち、梅雨が明けて蟬が喧《やかま》しくなり、それでも事件の依頼がない日がつづくと、さすがに木野塚氏も不安になってきた。探偵としての自分の資質に、どこか致命的な欠陥があるのではないか。警視庁勤務三十七年といっても、現場の経験は皆無。警視総監賞の受賞だって経理業務に関係したものだ。日本じゅうの人間が自分の経歴を見抜いているのではないか。同業者がどこかで妨害工作をしているのではないか。夫人がカルチャースクールやスーパーマーケットで自分の悪口を告げまわっているのではないか。そんな疑心暗鬼が、古いクーラーの振動と一緒に、毎日毎日木野塚氏の人格を苛《さいな》みつづける。

それにしても呑気《のんき》なもんだな、と、窓の外に飛ぶ汚い色の雀を眺めながら、頭のなかだけで、木野塚氏は一人ごとを言った。呑気だと思ったのは雀に対してではなく、秘書の椅子に座って毎日ただ週刊誌や小説を読んでいる、梅谷桃世に対してだった。事務所の掃除やセールスマンの相手はしっかりやるのだが、木野塚氏が直面している人生の焦燥には、毎日毎日、まるで無関心だった。それでも仕事の性質上、近所をまわって仕事をとってこいとも言えず、狭くて古くて薄暗い事務所に、朝から夕方まで、ひたすら二人、ただ黙然と対峙しているのだった。

「あれ、所長、こんなところにうちの広告が出てますよ」

今、桃世が開いているのはこの栄光ビルの二階に入っている『週刊金魚新聞』の最新号で、桃世はたまに勝手な感想を言いながら、朝からずっとその新聞に読みふけっていた。

「近くの喫茶店で編集長といき合って……まあ、それも、一種の近所づき合いだよ」

「あの眼鏡をかけた、へんに色っぽい女の人ですか」

「色っぽいかどうかは、それぞれ、見方の問題だろう。ただ挨拶がわりに広告を頼んだだけだ」

「聞かなかったなあ。金魚新聞に広告を出すなんて、ぜんぜん知らなかった」

「つき合いだと言ったろう。どこに広告を出すかはわたしの裁量権だ。君にいちいち報告する義務はない」

本当は木野塚氏だって、金魚新聞への広告が失敗であることぐらい、ちゃんと分かっていた。しかし編集長の高村《たかむら》女史に眼鏡の向こうからにっこり微笑まれてしまったのだから、あのときはあれで、仕方なかったのだ。男が事業を始めれば色っぽい女とも出会う。にっこり笑われて三万円の広告料をとられることも、立派な社会勉強ではないか。これも近所づき合いであり、ハードボイルドとしての、人間の幅を広げる必要経費なのだ。

そのとき電話が鳴って、内心ほっとしながらも、木野塚氏は思わず桃世と顔を見合わせた。夕方桃世の友達が電話をかけてくることはあっても、午前中から、それも十時なんていう時間に事務所の電話が鳴ったのは、この一ヵ月、一度もないことだった。夫人が交通事故にでもあったかなと、一瞬木野塚氏は都合のいい期待をしてしまった。

「はい。木野塚探偵事務所でございます」

受話器をとったのは、もちろん桃世のほうだった。桃世はふだんの喋り方からみごとに変身し、かなり知的な口調で淀みもなく応対を開始した。履歴書では世田谷からの自宅通勤らしいが、よく見れば育ちの良さそうな顔立ちではあるし、だてに大学は出ていないものだと、直前の議論について、木野塚氏はあっさりと自分の非を反省した。

「承知いたしました。それではスケジュールを調整して、所長みずから伺うよう手配いたします。お時間のほうは……」

相手がなにか言い、桃世がうなずきながらメモをとって、その間木野塚氏は掌《てのひら》に噴き出した汗を自覚もせず、桃世の冷静に動く唇にじっと見入っていた。夫人の交通事故ではなさそうだが、だからといって桃世の友達でも、税務署からの呼び出しでもなさそうだ。もしかしたらこれが、木野塚探偵事務所の、私立探偵木野塚佐平としての、初仕事なのか。

「世田谷区の弦巻《つるまき》……ご安心くださいませ。正午までには間違いなく伺います。はい。失礼いたします」

桃世が小さく唇を嚙みながら、ゆっくりと受話器を置き、身をのり出して遠くのほうから木野塚氏に丸く目を見開いた。表情に特別な変化はないものの、口の端がへんにひきつっていて、Tシャツの肩の線に微妙なゆれが走っているようだった。

「いや、その、想像はつくが……桃世くん、もしかしたら、仕事の依頼ではないのかね」

木野塚氏はじゅうぶん、可能なかぎり、ハードボイルドに発声を押し殺していた。それでもその努力にどれほどの効果があるかは、自身も大して期待していなかった。人間にはその一生のうち、見栄や外聞に拘《こだわ》らなくてもいい場面が、一度や二度はやって来る。

桃世が机に片肘をついたまま、にんまりと唇を弛《ゆる》め、もう一方の腕を肩の高さに掲げて、耳の横に二本、指を長くつき出した。木野塚氏がいくら経理事務以外の人生に無縁だったとしても、それが一般社会でいうVサインであることぐらい、ちゃんと承知していた。

「所長、やりましたね。本当に仕事が来るなんて、思ってもいなかった」

「そ、そうかね。それは君、認識不足というものだよ。世間はわたしを必要としているのだ。わたしは日本人の知性と社会常識を信じていた。今日の政治的混乱を考えれば……」

「世田谷の弦巻だそうです。昼前には行くと約束しましたよ」

「おう、そうだったか。こうしてはおられんのだな。それではさっそく、支度を始めることにしよう」

木野塚氏の机の引出しには、かねて準備しておいた探偵道具がこの一ヵ月間、完璧に眠っていた。それらの機器類に、やっと日の目を見させることができる。ポラロイドカメラに望遠レンズつきの一眼レフ。音声感応式のマイクロカセット。加えて木野塚氏は、秋葉原《あきはばら》まで出かけて盗聴器まで仕入れておいたのだ。必要があれば変装用具もそろえなくてはなるまいが、それはまあ、事件の推移を見極めてからでもいいだろう。

「で、桃世くん、相手はわたしに、なにを頼みたいのかね」と、器材を持った手を机の上にとめ、四十五度の角度からニヒルなウインクを送って、木野塚氏が言った。「殺人事件でもなさそうだが、詐欺か誘拐か押し込み強盗か」

「誘拐だそうです」

「誘拐……な、なるほどな。少し物足りない気はするが、仕事に贅沢《ぜいたく》は言っておられん。どんな仕事にも全能力を傾けるのが、わたしのモットーなのだ」

「金魚新聞の広告も効果があるんですねえ」

「そりゃあ君、わたしはだてに……いや、依頼者は、金魚新聞の広告を見たのかね」

「そう言ってましたよ。毎週購読してるそうです」

「そうだろう。そういう予感がしたんだ。高村女史に喫茶店で会ったとき、探偵としての勘が今の結果を見抜いていた。この三万円はきっと百倍になって戻ってくると」

「この広告、三万円もするんですか」

「三万円は高いが……いや、そんなことはどうでもいいじゃないか。それで誘拐されたのは子供か年寄りか。それとも新婚早々の若妻かね」

「江戸錦《えどにしき》だと言ってましたけどね」

「ん？　江戸……」

「詳しいことは依頼者に聞きましょう」

「それはそうだが、しかし誘拐されたのが相撲取りとなると、大変な社会問題だぞ」

「金魚だそうです」

「なーんだ金魚か……金魚？」

「お相撲取りなんて、誘拐するほうが大変です」

「相撲取りを誘拐するのは、もちろん、大変ではあるが」

「今朝から見当たらないんですって。大切な金魚で、どうしても見つけてほしいそうです」

「金魚を、か?」

「金魚を、ですよ」

「金魚を、このわたしに、警官生活三十七年、警視総監賞受賞の、木野塚探偵事務所所長のわたしに、金魚を探せと……」

血圧があがったのか、さがったのかは分からなかった。木野塚氏の目の前が突然暗くなり、わきの下を流れていた汗も、一瞬冷たく成分を変えたようだった。運に自信があるわけではなかったが、私立探偵としての初仕事が金魚の誘拐事件とは、自分が前世にどんな悪いことをしたというのだ。家出人か、そうでなくとも猫か犬の失踪か、せめてそれぐらい、形のはっきりしたものであってほしかった。

「初仕事ですからねえ。頑張るしかないですよ」と、遠くから首をのばし、カメラや盗聴器の山を呆《あき》れた顔で眺めながら、桃世が言った。「弦巻なら家の近くです。場所は分かると思いますよ」

「そうか。外は、やっぱり、暑いんだろうな」

「夏が暑いのは当たり前です。所長、どんな仕事にも全能力を傾けるのが、モットーなんでしょう」

「内勤が長かったせいか、暑さや寒さに躰《からだ》が拒否反応を示す」

「冗談を言ってないで、出かける支度をしてください。依頼者はぜひとも専門家のアドバイスを受けたいと言ってます」

「ぜひとも、専門家の、なあ」

「わたしの勘ですけどね。金魚新聞を個人で購読してる人って、お金持ちだと思いますよ」

「そう、思うかね」

「あの辺り、大きい家も多いし、金魚のことをこれだけ心配するのはお金持ちしかいないと思います」

前々から木野塚氏は、桃世の観察力に一目置いている部分はあって、今回の発言も、一応理屈は通っている。『専門家のアドバイスを受けたい』という依頼者の申し出も、殊勝ではある。まして相手が金持ちなら、自分がのり出してやって悪いこともない。大して気のすすむ仕事ではなかったが、仕事に贅沢は言えないと宣言したのは、当の木野塚氏ではなかったか。

「この事件を解決すれば、今度は金魚新聞で大きい記事になりますよ。編集長なんか感心すると思うけどな」

「わたしは高村女史に、そういう気持ちは、もっていないぞ」

「どうでもいいですよ。その器材もどうでもいいですから、早く支度をしてください」

桃世が立ちあがって、黄色いビニールバッグを肩にかけ、短い髪に野球帽をのせながら、なんだか知らないが、事務所のクーラーをぱちんと切ってしまった。

「ええと、君も、一緒に行くのかね」

「助手を連れていたほうが、所長として貫禄が出るじゃないですか」

「しかし、なあ君、事務所を二人同時に空けるのは、どんなものかな」

「一ヵ月も仕事が来なかったんですよ。今日にかぎってこれ以上つづくなんてこと、あるはずないでしょう」

無茶な断定ではあるものの、残念ながら、論理的には桃世の言うとおりだ。それに初仕事ということでもあれば、役には立たなくても、助手がいれば気休めぐらいにはなる。秘書として採用したはずなのに、勝手に助手へ転身されても困るが、こういう曖昧《あいまい》さは日本文化の特質でもあるのだ。助手と秘書を兼任させたところで、倍の給料を払うわけではない。そのうち忙しくなったら、副所長も経理担当重役も兼任させてやる。日本の私立探偵においては、まず人間関係を丸くおさめることが重要なのだ。

名刺は持った。聞きとり用の手帳も持った。カメラもカセットも盗聴器も用意した。紆余曲《うよきよく》折《せつ》あったが、これでとにかく、探偵としての初仕事にとりかかれるのだ。木野塚氏の信念は正しかった。金魚新聞への広告も無駄ではなかった。この事件をみごと解決したら、あの妙に色っぽい高村女史も、今度は眼鏡の奥から微笑むぐらいのことでは、もしかしたら、済まないかも知れない。黒い新品のアタッシェケースをとり出しながら、いろんな期待が胸に湧き起こり、さっきの落胆も忘れて、木野塚氏はぶるっと身震いをした。

「所長……」

「なんだね」

「どうでもいいけど……」

桃世が野球帽の目庇《まびさし》を深くさげ、机の上からティッシュを抜きとって、それをぽいと木野塚氏に投げてよこした。

「どうでもいいですけど、涎《よだれ》、拭いたほうがいいと思いますよ」

＊

世田谷区の弦巻なんていう地名は、見たことも聞いたこともなかった。都内でも知らない地名はいくらでもある。新宿にだって箪笥《たんす》町だの山伏《やまぶし》町だのがあるわけで、木野塚氏が東京生まれの東京育ちだからといって、都内全域すべての地理を把握しているわけではない。まして仕事のほとんどを内勤で過ごしてきた経歴では、弦巻が世田谷のどの辺りにあるのか、知らなくても当然だったろう。

なるほど助手というのは便利なものだな、と木野塚氏が納得したのは、『東京区分地図』とかいう小冊子を一瞥《いちべつ》しただけで、桃世が世田谷区弦巻四丁目まで無事木野塚氏を案内してくれたことだった。地図を見たとしても、木野塚氏一人だったら、京王《けいおう》線に乗ったり小田急《おだきゅう》線に乗ったり、挙句には経堂《きょうどう》辺りからタクシーでも使わなければ目的地までたどり着けなかったろう。それを桃世は丸ノ内線で一度赤坂見附《あかさかみつけ》に戻り、銀座《ぎんざ》線と新玉川《しんたまがわ》線を乗り継いで、桜新町《さくらしんまち》という駅に出た。その駅から弦巻四丁目までは、歩いて五分もかからなかった。

桃世の方向感覚も電車知識も優秀だったが、『依頼主は金持ちに違いない』と見抜いた洞察力は、なかなか的を射たものだった。閑静な住宅街のなかに大谷石《おおやいし》の塀を巡らし、クルマと人間の通用口を別に設けた洋風の門構えは、新聞や新興宗教の勧誘ではインタホンも押せないほど威圧的だった。荘厳に閉じられた鉄扉の横には、〈成瀬《なるせ》〉という木製の表札が嵌《は》め込まれている。

「うーむ。桃世くん、その、とり次ぎを頼みたまえ」

探偵道具の入ったアタッシェケースが重くて、それに夏用とはいえ、背広にネクタイ姿。頭から汗を流すついでに、木野塚氏はしっかりと息も切らしていた。具体的に内面を指摘すれば、この門構えと屋敷の大きさに、怖じ気づいていたのだ。

桃世が屈託ない顔でインタホンを押し、応答した女の声に案内されて通用口を入ると、なかは和洋折衷の鬱蒼《うっそう》とした庭園で、犬黄楊《いぬつげ》や伊吹《いぶき》の植え込みの間に大枝の木槿《むくげ》が勢いよく白い花を咲かせていた。これだけの庭があれば野菜のプランターを幾鉢並べられるだろうと、自分の家の庭と、木野塚氏は意味のない比較をした。

二人を玄関に出迎えたのは使用人らしい中年の女で、今どきお手伝いを雇えるというのだから、庭も屋敷も含めて、やはり相当な金持ちだ。案内された部屋というのが、これがまた質屋の貴重品倉庫のような応接室で、彫刻やら壺やら竜の焼き物やら、なんとなく高そうな置物が棚という棚に、どうだ参ったか、というほど並べられていた。そのなかで二人に関係がありそうなものは、なにやらぶくぶく泡を出している、長さが二メートルもありそうな大水槽だった。

ぶくぶく泡を出していて、浄水器らしい部分から水も還流しているが、敷石や模造水車以外、水槽にはメダカも泳いでいなかった。

クーラーの効いた部屋のソファに座り、理由もなく二人が顔を見合わせたとき、ドアが開いて、短めの髪をていねいにセットした中年の婦人が姿をあらわした。

木野塚氏がソファから飛びあがったのは、依頼者に対する挨拶のためではなく、純粋に、内部に湧き起こった衝撃のためだった。

「あ、あ、あなたは、もしかして……」

「昔は高峰《たかみね》と申しておりました。覚えてる方なんて、いらっしゃるのかしら」

覚えているか、どころの話ではない、今木野塚氏の目の前で、なにやら光る生地のロングドレスを着て優雅に微笑んでいるのは、映画『学園の女王』シリーズで日本中の男を魅了した、あの高峰和子《かずこ》ではないか。その高峰和子が、本当に目の前に、正確には一メートルか、いや一メートル五十センチか、そんなことはどうでもいいのだが、しかしとにかく、こうして木野塚氏に向かってにっこりと微笑みかけているのだ。木野塚氏はまた頭から汗をかき直し、ハンカチをふりまわすように使って、心臓の高鳴りを必死に鎮めようとした。私立探偵が意義のある職業だと信じてはいたものの、まさか高峰和子にまで会えるとは、思ってもいなかった。なにを隠そう、その昔、木野塚氏は高峰和子の大ファンだったのだ。

「どうぞお座りくださいましな。お忙しいところを、ご苦労さまですわねえ」

まだこの世の出来事とは思えなかったが、それでも木野塚氏は足の震えをこらえ、最敬礼で成瀬夫人に名刺を渡してから、桃世のとなりにすとんと腰をおろした。自分がこの家に来た理由も経緯も、木野塚氏はほとんどうわの空だった。

「き、君、いや……ええと、彼女はわたしの助手で、梅谷と申します。こちらはあの、有名な高峰和子さんだよ」

なにを考えているのか、桃世はまるで感動した様子もなく、少し口を尖《とが》らせて、木野塚氏と夫人の顔をちらっと見くらべただけだった。

「芸能界を引退して二十年以上になりますのよ。お若い方はわたくしのことなんて、だれも覚えておりませんわよ」

「そんなことが、あるはずは、ありません。日本人で高峰さんを知らん人間など、おるはずはありません」

「お世辞として伺っておきますわ。所長さんがわたくしをご存知なら、いくらか気も楽になります。今度のこと、よろしくお願いしますわね」

ドアが開いて、さっきの女がテーブルに紅茶の支度をしていき、その馨《かぐわ》しい香りと時間的な緩衝が、少しだけ木野塚氏の気持ちに余裕をもたらした。木野塚氏だって人間を六十年もやっているわけで、社会的には押しも押されもせぬ私立探偵なのだ。大きく深呼吸をして、忘れていたハードボイルドの精神を、深く心に刻み直した。相手が高峰和子では勝負にならないが、今日はたまたま、助手の桃世だって連れているではないか。

「や、高峰さんとは知らず、歳甲斐《とし》もなく慌ててしまった。テレビにもお出にならんので、ずっと残念に思っておりましたよ」

「主人がマスコミを嫌がりますのでね。それにこんなお婆《ばあ》さん、今更テレビに出ても恥をかくだけですわ」

「とんでもない。お世辞ではなく、あのころよりはまた、一段とお美しい」

木野塚氏の審美眼など、本心では、自分でも信じてはいなかった。それでも五十を過ぎている婦人にしては、やはり近所のおばさんとは桁がちがう、毅然とした美しさを保っていた。そういえば高峰和子の結婚相手は実業家だったなと、応接間を見まわしながら、切なく木野塚氏は青春時代を思い出した。

「お紅茶、お召しあがりくださいましな。で木野塚様は、金魚専門の探偵さんでいらっしゃいますの」

「はあ？　いやあ、それは、そういうことではなく、なんと言いますか……」

「殺人、強盗、誘拐、産業スパイ。ふだんは凶悪事件が専門です」と、紅茶のカップに指をかけながら、へんに断定的な口調で、桃世が言った。「でもうちの所長は金魚にも詳しくて、金魚新聞の編集長とも昵懇《じっこん》の間柄です」

「それはまた、心強いことでございますわ。主人が留守にしておりまして、わたくし、ほとほと困っておりますの。ぜひともお力をお貸しくださいまし」

紅茶は飲んだし、やっと汗も退いてきた。これでタバコに火をつければ、探偵としてのスタイルは完璧だった。そうは思うのだが、残念ながら木野塚氏は、この六十年間喫煙の習慣を持ち合わせていなかった。ハードボイルドに生きると決めた以上、タバコぐらい吸わなくてはいけないなと、密かに木野塚氏は探偵心得にチェックを入れた。

「それではまず、いなくなったという、金魚の名前からお聞きしましょうか」と、アタッシェケースから黒革の手帳をとり出し、ボールペンをニヒルに構えながら、木野塚氏が言った。

「主人はタイショウと呼んでおりました。わたくし、詳しいことは存知ませんのよ。知っているのは江戸錦という種類名ぐらいで、なぜあれが一千万円もするのか、見当もつきませんわ」

一千万円と聞いて、出かかった木野塚氏の言葉が、思わず喉《のど》の途中で固まってしまった。桃世のほうも丸い目を一点に固定させ、うすい小鼻を、ぴくっとひきつらせた。百円や千円ということはないにしても、まさかその金魚は、目玉にダイヤモンドでも嵌め込んでいるのだろうか。

「わたしも八百万円までの金魚には、お目にかかっておるんですがな。一千万円というのは、なかなかの逸品だ」

「そうらしいですわね。二年連続、全日本金魚大会でチャンピオンになりましたの。その前の年もたしか、江戸錦部門で最優秀賞だったと思いますわ」

「なるほど、それだけの金魚なら、誘拐されても不思議ではありませんが……犯人から身代金の要求でも入っておりますか」

「そういうことはなにもございませんの。ただ今朝、部屋の雨戸をあけてみましたら、水槽からタイショウがいなくなっておりましたの。それはもうキヨ子さんは大騒ぎで……キヨ子さんというのはさっきのお手伝いさんですけどね。主人が留守の間、金魚の世話はキヨ子さんに任せてありましたのよ。主人が大事にしていた金魚ですので、わたくしとしても無事に戻ってほしいと思っております」

「失礼ですが、このことを、警察には？」

「届けてありませんのよ。家族の意見も聞いてみましたけど、しばらく様子を見て、すべては主人が帰ってから決めようと思っておりました。警察に届ければ騒ぎも大きくなりますでしょう。こういう問題って、できれば内々に済ませたいですものね。それでもキヨ子さんが、金魚新聞で木野塚様のお名前を拝見したとかで、一応専門家にお願いしようということになりましたのよ」

「つまり、誘拐か失踪か家出か、明確ではないということですな」

「そういうことになりますかしら。でも相手は金魚ですから、家出ということはありませんでしょう」

「いや、いやいや、ふだんの癖でつい口がすべりました。家出をするにしても、金魚には動機がありませんでしょうしな。で、ご主人のお帰りは、いつのご予定ですか」

「あと四日はカナダにおります。海産物の輸入と、あちらで製品の加工工場も経営しておりますの」

「期限は四日、ということですか。状況から家出でないことは確実だが、それにしてもなかなか、面倒な事件ではある」

「お礼はじゅうぶん致します。カナダから帰ってきて、タイショウがいないと知ったら、主人がどんなにがっかりすることか」

それまで黙って目を丸くしていた桃世が、ふと水槽へ首をまわし、生意気な角度で木野塚氏にウインクを送ってきた。

「大丈夫ですよ。タイショウはすぐ見つかると思います。こういう事件、うちの所長は一番得意なんです」

「たしかに、これより複雑な誘拐事件も、何件かは手がけておりますな」

「金魚はぜったい生きています」

「今までの経験では、誘拐事件において、犯人が被害者を殺害するケースは希《まれ》なんですな。一番多いのは可愛いのでちょっと連れ出したというやつですが、その場合被害者は、ほとんど無傷で親元に戻って参ります」

「それを聞いて安心しましたわ。わたくしども素人《しろうと》でございましょう。ただ心配するだけで、具体的にはなにもできませんの」

「ごもっともです。犬や猫のように、近所を探しまわっても仕方がありません」

「最初に金魚の失踪に気がついたのは、奥様ですか」と、半袖シャツの腕を組みながら、木野塚氏のほうに軽く流し目を送って、桃世が言った。

「もちろんキヨ子さんですわ。この部屋の雨戸をあけに来たのはキヨ子さんですもの」

「おう、そうだった。こういう場合は、まず第一発見者に状況を聞くべきだった。できましたらその、キヨ子さんに、お話を伺えますかな」

「よろしゅうございますとも。しばらくお待ちくださいましね」

今は成瀬夫人になっている高峰和子が、嫣然《えんぜん》とうなずき、入ってきたときと同様、優雅に応接間を出ていった。

「いやあ、しかし、びっくりしたよ」と、夫人がドアの向こうに消えてから、肩で力一杯ため息をついて、汗で濡れたハンカチをしみじみ開きながら、木野塚氏が言った。「高峰和子に会えると分かっていれば、床屋へ行っておくべきだった」

「そうですかね。ただのおばさんに見えるけどな」

「君、なあ、若いからものを知らんのは仕方ないが、『学園の女王』ぐらい覚えているだろう」

「あの人、学園祭の女王だったんですか」

「そうではない。映画の……本当に高峰和子を知らんのかね」

「知りませんよ。見たことも聞いたこともありません」

頭のなかで、一瞬怒りと絶望が電気放電のように交錯したが、同時にやって来た無力感に、木野塚氏はそういったすべての困惑をまとめて、ハードボイルドに処理することにした。桃世はまだ二十三年しか生きていないのだ。生まれたころに高峰和子は芸能界を引退している。だから桃世が高峰和子を知らないのは、時間の責任。木野塚氏の髪が薄くなったのも、ロシアが北方領土を日本に返さないのも、すべて時間の責任なのだ。男はそれらの苦渋を、ぐっと奥歯を嚙みしめて、ただひたすら我慢しなくてはならない。

ぐっと奥歯を嚙みしめたとたん、入れ歯がずれて、そのとき木野塚氏は、突然肝心なことを思い出した。

「ああ、桃世くん、一つ質問があるんだがね」と、慌てて入れ歯の位置を直してから、おもむろに紅茶のカップに腕をのばして、木野塚氏が言った。「金魚が間違いなく生きていると言ったのは、根拠があるんだろうか」

「金魚の大きさはたかが知れています。鮭より大きい金魚なんて、見たことありませんよ」

「鯉より大きい金魚も、そうはおらんだろうな」

「ですからね、水槽から持ち出すぐらい、だれにでもできるわけでしょう。殺したいなら部屋のなかに放り出せばいいし、ポンプのスイッチを切っても毒を入れてもいいわけですよ。犯人にはタイショウを殺すつもりはないんです」

「いや、さすが、木野塚探偵事務所の第一秘書だ。まったくわたしと同じ推理をしているじゃないか」

桃世の発言は、正当な論理的帰結で、自分が考えても同様な結論に達するだろうと、木野塚氏は深く確信した。助手の推理はすなわち所長の推理であるわけだから、その結論は木野塚探偵事務所としての公式見解に当たるのだ。結論とは集団の合意であるという日本の文化は、私立探偵という職業においても例外ではない。組織の頂点に立つ人間は、冷静に、公平に、部下の意見に耳を傾けるべきなのだ。正しい結論に達するには真摯《しんし》に他人の意見を聞くことが大切で、部下の意見を素直に受け入れることこそ、勇気ある決断と言うべきだろう。そこが欧米と日本の文化が異なる点で、他人の助言にまったく耳を貸さなかったシャーロック・ホームズというのも、考えてみれば大した探偵ではなかったなと、木野塚氏はこれまでの欧米崇拝的な探偵観を、少しだけ修正した。

ドアが開き、成瀬夫人とキョ子さんが戻ってきて、木野塚氏は意味もなく立ちあがり、それからまた、意味もなく腰をおろした。

「わたくし、居間のほうにおりますわね。詳しいことはキョ子さんからお聞きくださいな。それからこれ、タイショウの写真ですけど、参考のためにお預かりくださいまし」

写真を置いて成瀬夫人が部屋を出ていき、なんとなくがっかりしたが、気をとり直して、木野塚氏はひとつしゃっくりをした。むかし憧れていた高峰和子があらわれたり消えたりするたびに、どうも木野塚氏の躰でホルモンの流れが変わるようだった。

「うーむ。なんとまあ、形容しがたい金魚だなあ」

夫人が置いていったのは葉書大ほどの写真で、まんなかにどーんと金魚が一匹写っている。のぞき込んでいる桃世も絶句しているところを見ると、感想や心理的葛藤は木野塚氏と同様らしい。金魚だ、というから金魚なのだろうが、躰全体がずんぐりした斑《まだら》模様で、背びれのない背中からつづく頭には、なんと表現したらいいか、子供がつくった不細工なにぎり飯のような瘤《こぶ》がのっていた。こういう化け物に一千万円の値がつくうちは、日本経済も奥が深いと、木野塚氏は穿《うが》った洞察をした。

「タイショウということは、性別的には、男性ということですか」と、ワンピースの膝をそろえて顔を俯《うつむ》かせているキヨ子さんに、木野塚氏が訊いた。

「はあ、来月でちょうど、六歳になられます」と、目だけで木野塚氏と桃世を見くらべ、肩の間に首を落として、キヨ子さんが答えた。「旦那様がご自分で郡山《こおりやま》までお出かけになって、当歳でお求めになりました」

「わざわざ、自分で、福島県までねえ」

「奈良県でございますよ。奈良県の大和郡山《やまとこおりやま》が金魚の産地でございます」

「ん、そうだったな。いや、さっき奥様から伺ったんだが、事件の第一発見者はあなただということですね」

「今朝の八時ごろ、応接間の雨戸をあけに参りまして、そのときタイショウがいないことに気がつきました」

「応接間の雨戸は、いつも朝の八時にあけるわけですか」

「タイショウに日光浴をさせる都合で、水槽にいる間は、毎日その時間にあけることになっております」

「ほう、金魚に日光浴ですか。それは毎日、ご苦労なことですなあ」

「『水槽にいる間は』ということは、ふだんは別の場所にいるんですか」と、横から首をのばして、木野塚氏がたった今質問しようと思っていたそのことを、一瞬早く、桃世が訊いた。

「ふだんは庭の飼育槽にいらっしゃいます。今はなんと申しますか、ちょうどあれの季節なものですから」

「あれ、ねえ。あれというのは、つまり、なんのことでしょうかね」

「一般に申します、あのう、さかりというやつでございます」

「おう、タイショウくんも、そういう年頃になっておりましたか」

「飼育槽で傷ついてもいけませんし、種《たね》が紛れてもいけませんので、夏は応接間の水槽に移すことに決めております。留守の間は気をつけるようにと、旦那様から、くれぐれも申しつかっておりましたのに……」

キヨ子さんが肩を落としたまま、目に涙をためはじめ、木野塚氏は気勢をそがれて、なにを質問していいのか、一気に忘れてしまった。泣いている女性と対面することなど、ほぼ五十年ぶりの事態だったのだ。

「金魚は必ず見つかりますよ。安心してください」と、勇気づけているのか薄情なのか、無頓着な口調で、桃世が言った。「あなたが最後にタイショウを見かけたのは、いつのことですか」

「それは、あのう、昨夜はお客様もございませんでしたし、七時に雨戸を閉めたと思います。応接間の電気を消すとき、わたくし、タイショウにお休みなさいと声をかけました」

女というのは冷たい生き物だなと、桃世の冷静な口調にいくらか憮然《ぶぜん》としながら、それでも質問の的確さには、木野塚氏も率直に感心する部分があった。木野塚氏が確かめたかったのも正に、そのことなのだ。つまり問題の金魚は、昨夜の午後七時から今朝の八時までの間の、どこかの時間に失踪したということだ。自分で歩いて出ていくはずはないから、人間が持ち出したに決まっている。持ち出したそのだれかさえ分かれば、今度の事件は、すべて解決ということではないか。

自分がプロの私立探偵であるという環境に、じわりと自信が湧いてきて、木野塚氏はアタッシェケースから一眼レフのカメラをとり出し、天井に向けて一度シャッターの空押しをした。特に理由があったわけではなく、水槽や応接間の配置など、とりあえず現場写真を撮っておこうと思ったのだ。せっかくそろえた器材でもあるし、写真でも撮れば少しは仕事をしているように見えるだろう。

自動焦点に自動露出、自動フラッシュではあったが、木野塚氏は慎重にカメラを点検し、汗を拭いたりファインダーをのぞいたり、少なくとも見かけだけは忙しく探偵としての職務にとりかかった。キヨ子さんに対する事情聴取は桃世がやっていて、結果はのちほど、大所高所から、木野塚氏が所長権限としてまとめればいいことなのだ。

「それでは昨夜の七時から今朝の八時まで、あなたは金魚を一度も見ていないんですね」

「応接間にも入りませんでした」

「昨夜このお宅で、変わったことがありましたか」

「いつもどおりでございます」

「金魚がだれかに憎まれていた可能性は？」

「非常に素直な性格で、我儘《わがまま》も言いませんし、手のかからない金魚でございました」

「知らない人が訪ねてきたとか、夜中に不審な物音がしたとか」

「昨夜は静かな夜でございました。お客様も見えませんで、わたくしも早めに休ませていただきました」

「ご家族は全部でなん人です？」

「旦那様に奥様に宗助《そうすけ》様、それから隆良《たかよし》様に紀美江《きみえ》様でございます」

「ご夫婦に子供が三人、それにキヨ子さん。ご主人は今カナダですから、昨夜は五人ということですね」

「宗助様は夏休みをとられて、ハワイに行かれております」

「それではあなたと奥様以外で家にいたのは、隆良さんと紀美江さんの二人だけ」

「そういうことでございます」

「二人とも金魚がいなくなったことに、気づかなかったのですか」

「今朝、皆様、そう申されておりました」

「昨夜だれかが応接間を使ったようなことは？」

「分かりかねます。皆様、お使いにならなかったとは、仰有《おつしや》っておられます」

「水槽以外に飼育槽があるということは、他にも金魚を飼っているわけですね」

「はあ。タイショウの他にも五十四ほど、外の池で飼育しておられます。旦那様は仕事一筋のお方で、金魚だけを楽しみにしておられます」

「他の五十四も、みんなそういう値段ですか」

「いいえ。タイショウだけ特別でございます。他の金魚は高くても百万円といったところでしょうか。全日本金魚大会でチャンピオンになるほどの金魚は、めったに生まれるものではありません。色や形や泳ぎ方、それに瘤の肉づきまで、タイショウはすべてに完璧だと評価されております」

「ということは、タイショウを目の敵にしている金魚もいる、ということですね」

「それは、なんと申しましょうか、タイショウさえいなければと思っている金魚も、いえ、正確には金魚の飼い主の方も、いらっしゃるかも知れません」

「今までにタイショウを譲ってほしいという申し込みは？」

「切りがないほどだと、旦那様からは、さように伺っております」

「ご主人に手放す気はない」

「門外不出と申されております。繁殖もご自分でなされて、タイショウの血統を金魚界のステータスに育てるのが、旦那様の夢でございます」

「それにしても金魚一匹に一千万円という値段は、高すぎると思いませんか」

「わたくしには、なんとも申し兼ねます。旦那様にお売りになる意志はありませんから、値段なんて、あってないようなものだとは思いますが」

桃世がジーンズの膝を抱えて背中をのばし、天井に視線を漂わせながら、口笛でも吹くように長い息を吐いた。水槽や窓の配置にカメラのシャッターを切りながら、木野塚氏も二人の会話に耳は傾けてはいた。今のところキヨ子さんの証言に、事件解明への手がかりがあるとは思えない。生意気な口をきいても、桃世もしょせん二十三歳の小娘。事件の核心に触れる質問など、なにひとつできていないのだ。

「ああ、キヨ子さん、ひとつ、肝心なことを訊きたいのだが」と、首にカメラをぶらさげたま、視線を鋭くソファのほうに向けて、木野塚氏が言った。「失踪直前の、タイショウの様子なんだがね、ふだんと変わったところはなかったろうか」

「変わったところ、と申しますと?」

「泳ぎ方がおかしかったとか、元気がなかったとか、なにか悩んでいる様子だったとか」

「さあ、べつに、変わったところはなかったと思いますが」

「外の池にまぎれ込んでいないか、もう調べてみたのかね」

「いいえ。だって、そんなこと、あるはずございませんでしょう」

「そうかね。仲間からひき離されて、一匹でこんな狭い水槽に閉じ込められたら、金魚だってストレスがたまるように思うんだが……桃世くん、あれ、なんと言ったかな」

「さかり、ですか」

「そうじゃないよ。あの話はもう終わった。そうじゃなくて、この前テレビでやっていた、ほら、こっちの物が瞬間にあっちへ移るやつ」

「テレポーテーション」

「そう、そのテレポーテーションで、タイショウは外の池に戻っている可能性がある。金魚は歩かないし空も飛ばない。しかし相手は動物だよ。人間には理解できない、なにか不思議な才能を持っているかも知れんじゃないか」

　涙をためていたはずのキヨ子さんの目に、軽蔑の色が浮かんで、加えて桃世までも、顔を部屋の反対側へ向けて欠伸《あくび》をした。木野塚氏だって金魚のテレポーテーションなんか、本気で考えたわけではない。それでも、女二人のつれない反応に、思わずむきになってしまった。さっきから泡が出ているだけの水槽を眺めていて、自分がこんなところへ閉じ込められたらどういう気分だろうと、真剣に木野塚氏はシミュレーションをおこなっていたのだ。

自分の過ごしてきた六十年の人生は、この水槽のなかの金魚と同じではなかったのか。子供のときから地味な存在で、友達から好かれもせず嫌われもせず、学校の成績はいつも中程度。心をときめかせた女子もいたのに、気持ちを打ち明けることもなく、接触の機会さえつくれなかった。警察に入ってからも派手な職場には一度もまわれないで、ひたすら算盤《そろばん》と電子計算機と帳簿の山に埋もれつづけた。結婚生活でもうまくいっていれば、いくらか救いもあったかも知れないが、気のすすまないまま見合いをし、気のすすまないまま結婚して子供もできなかった。なに一つ思うようにならなかった自分の人生は、まさに水槽に閉じ込められた金魚ではなかったか。

タイショウが全日本金魚大会で優勝したところで、メダルを首にぶらさげて泳げるわけではない。一千万円の値がついたところで、それが自分の収入になるわけでもない。タイショウがその金で海外旅行をしたり、キャバレーやソープランドで札ビラを切れるわけでもないのだ。水槽での日々の生活を思うと、他人事《ひとごと》ながら、木野塚氏は金魚に対して激しい同情を感じるのだった。

「ま、なんだ、とにかく……」と、興奮してきた神経を温和な表情の内側に包み込み、頭のなかで深呼吸をしながら、木野塚氏が言った。「やはり外の池は調べてみる必要があるだろう。一見無駄なことに思えても、可能性をひとつひとつ検証していくのが捜査の基本なんだ。徒労の積み重ねなくして事件は解決せんのだよ。まあ、それが、探偵心得第一条というやつだ」

キョ子さんが肩をすぼめたまま、ソファから腰をあげ、その姿を一枚写真に撮ってから、大きくうなずいて、木野塚氏もドアのほうへ歩き出した。

「わたしはここで休んでいます」と、膝の上に立てた腕で頰杖をつき、木野塚氏のほうに丸く目を見開いて、桃世が言った。「外は暑いですから、日向《ひなた》に長くいないでくださいよ」

大きなお世話だとは思ったが、助手はしょせん助手、あまり活躍されたら所長としての木野塚氏の立場が怪しくなる。それに内心、カメラに三十六枚撮りのフィルムを入れてしまったことに、木野塚氏は大いなる後悔を感じていた。一生懸命シャッターを押しているのに、まだ使ったフィルムは六枚だけ。現場写真として捜査に使うためには今日じゅうに残りを撮り切らなくてはならない。今後は十二枚撮りにするべきだなと、フィルムの種類について、木野塚氏は探偵心得につけ加えた。

玄関から前庭を通り、キョ子さんが木野塚氏を連れていったのは、建物の西端にある畳四枚ぶんほどの四角いプールだった。金魚の池というから、よく金持ちの庭にある瓢簞形《ひょうたんがた》の水溜まりだと思っていたが、なるほどこれは池というより、飼育槽と呼ぶほうが相応《ふさわ》しい。コンクリートの高さは一メートル近くもあり、上には金網が張られて、一端からは大型の浄水器が機械的に水と泡を送り出していた。タイショウが水槽から飼育槽に戻りたがると判断したのは、浅《せん》薄《ぱく》なロマンチシズムだったかなと、この時点でもう木野塚氏は反省してしまった。

金網からなかをのぞくと、波立っている水面の下に、たしかに呆れるほどの金魚が泳いでいた。どれもが写真に写っていたような斑で瘤をつけた、背びれのないずんぐりした金魚だった。木野塚氏だって琉金《りゅうきん》や出目金《でめきん》は知っているが、これも同じ金魚なのかと思うと、遺伝子と進化の関係にあらためて深い感慨を覚えるのだった。鮒《ふな》がここまでみごとに進化するなら、猿が人間に変わったことぐらい、不思議でもなんでもない。

「いやあ、キヨ子さん。大小の違いは分かるが、わたしには皆同じ金魚に見えますがなあ」

「模様が微妙に違ったり、躰とひれのバランスが違ったり、それぞれ特徴があるんでございますよ」

「そんなもんですかなあ。あなたにはこれが全部、見分けられるのですか」

「だいたいは分かります。角の所で首をかしげている金魚がいるでしょう。あれが今度、タイショウの奥方に予定されている金魚です。他の金魚より瘤も大きくて、泳ぎ方に品がございましょう」

言われてみれば、そんな気もしなくはないと思うものの、木野塚氏の目にはすべてずんぐりした動きの乏しい金魚で、百万円と一千万円の違いがどこにあるのか、どう考えても分からない。

「で、ええと、なんですな、つまり……」

「間違いございません。なん度確認してもタイショウはいらっしゃいません。無事に帰ってきてもらわないと、わたくし、旦那様にお詫びの仕様がございません」

「まったくですなあ。いったいだれが、タイショウを連れ出したんでしょうなあ」

俯いていたキョ子さんの視線が、動きながら水面の光を反射し、木野塚氏の顔をかすめてぎこちなく飼育槽の金網に固定された。木野塚氏がその気配を感じとったのは、たまたまキョ子さんにカメラを向けようとしていたからで、要するにそれは、だれがなんと言っても、ただの偶然だった。

「あ、いや、たしかに、そういえば……」

そのときにはもう、木野塚氏の頭のなかで、壮絶な推理と不可解な論理が、渦をまいて執拗に展開を始めていた。成瀬夫人と顔を合わせたときから、たった今まで、桃世も自分も、犯人はだれかという質問を一度も試みなかったではないか。金魚が自分の意志で姿を消したのでない以上、だれかが持ち出したはずで、関係者に「犯人に心当たりはないか」と訊くのが捜査のイロハではなかったか。桃世の訊問《じんもん》も素人にしてはなかなか上出来ではあったが、一番肝心な、一番重要な「犯人の心当たりは」という質問を見過ごしていたのだ。ここが年季の違いであり、いわばプロとアマの違い、所長と助手の違いというやつだろう。キョ子さんの一瞬の表情から、木野塚氏は事件の本質に関わる疑念を、鮮やかに思い出したのだ。

「キョ子さん、あなた、本当は犯人に心当たりがあるんだろう」と、横目でキョ子さんの顔を睨み、意識的にニヒルな口調で、木野塚氏が言った。

「いえ、わたくしは、べつに……」

「心当たりはない、と?」

「あ、はあ、それは、なんと申しあげてよいやら」

「警官生活三十七年、警視総監賞受賞、私立探偵木野塚佐平のこの目を、あんたはまさか、節穴だとでも思っているのかね」

キヨ子さんがぴくりと肩をすくめ、エプロンの端をにぎりしめながら、二、三歩あとずさった。

「けっして、べつに、そういうことではございません」

「そういうことでなければ、どういうことだと言うのだ」

「隆良様だろうとは思うのですが、わたくしの口からは、申せないということでございます」

「隆良? 隆良というのは、だれだっけな」

「先ほど申しました、ご次男の、隆良様でございます」

「そうか、そうだったのか。犯人は次男の隆良と確信しているが、使用人という立場上、あんたはそれを口にできない。心中、いろいろ辛いこともあったろうなあ」

木野塚氏の額から、たらりと汗が流れ出し、中天にさしかかった真夏の太陽が、薄くなった木野塚氏の頭に後光のような光を輝かせた。躰じゅうの血管に充実した血液が流れ込み、二十歳も若返ったような、不安定ではあるが力のみなぎった、なんとも言えない、颯爽《さっそう》とした気分だった。桃世がいかに素人の推理を働かせようとも、経験に裏打ちされた鋭い洞察力の前には、やはり子供のお遊びでしかない。犯人が特定された以上、あとは動機と金魚の行き先を突きとめればいいだけのことだ。

「念のために訊くが、キヨ子さん、あんたが次男を犯人だと思う根拠は、どういうものかね」

「昨夜外出されたのは隆良様だけでございました。お小遣いにも、不自由されているご様子で……」

「こんな金持ちで、子供が、小遣いに不自由を？」

「旦那様も奥様も、お子様の躾《しつけ》には、それはもう厳しい方でございます。隆良様も大学生で、ちょうど遊びたい盛りでございましょうから」

「それで金魚を金に換えたわけか」

「いえ、でも、わたくし、自分の目で見たわけではございません。わたくしとしてはタイショウが無事に戻ってきてくれれば、それで結構なんでございます」

「たしかにな。証拠もないのに、あんたの立場上、主人の子供が犯人だと言うわけにもいかんだろう。あとのことはわたしに任せなさい。微妙な問題ではあるし、このことは奥様にもわたしの助手にも、ぜひとも内密にしてもらいたい」

キヨ子さんが肩を落として乱れた髪を掌でなでつけ、その様子と金魚の飼育槽を見くらべながら、木野塚氏はぶるっと武者震いをした。事件の経過はすべて自分一人の手ににぎられていて、それをどう処理するかも自分の才能に任されている。事件そのものは解決したようなものだが、問題はどういう形で収束させるかだろう。犯人を見つけることだけが探偵の仕事ではなく、事件を解決するにあたってのスタイルにこそ、探偵術の哲学があるのだ。この理屈はいつか、きっちりと、助手の桃世に教えてやる必要がある。

キヨ子さんを庭に残し、木野塚氏が一人で応接間へ戻ってみると、桃世の前には成瀬夫人が座っていて、木野塚氏の頭からまたふんだんに汗が流れ出した。子供のころ初恋の少女を見かけただけで冷汗を感じた状況を、懐かしく木野塚氏は思い出した。探偵としての仕事にも恵まれ、金魚の誘拐という難事件も解決して、しかも今、目の前に、若いころ憧れた女優の高峰和子が座っている。これまでなにひとついいこともなかった人生ではあったが、生きていて良かったなと、つくづく木野塚氏はこの六十年をふり返った。諦めさえしなければ、意志さえ持続させれば、どんな人間にも一度ぐらい花は咲くものなのだ。汗はとめどもなく流れてはいたものの、生まれて初めて、木野塚氏は人生の絶頂を見た思いだった。

まともに成瀬夫人と向かい合うこともできず、緊張で頬も強張《こわば》っていたが、それでもなんとか、意を決して木野塚氏が言った。

「奥様、ひとつ、お願いがあるのですが」

「なんでございましょう」

「写真を、一緒に写真を、ぜひとも一枚、撮らせていただきたい」

それから三分ほど、夫人の辞退や木野塚氏の懇願がつづき、そしてけっきょく桃世がカメラを構えることになって、めでたく木野塚氏は成瀬夫人と一枚の写真におさまった。カメラの性能も桃世の技術も信用できず、つづけて十度もシャッターを押させて、三十六枚撮りのフィルムで正解だったなと、自分の先を読む才能に、木野塚氏は大いに満足だった。

「さて、桃世くん、これ以上お邪魔しても仕方がない。事件は全面的に当探偵事務所に任せていただくことにして、今日のところはそろそろひきあげようと思うがね」

はい、と妙に素直な返事をして、桃世が立ちあがり、とぼけた目で微笑みながら夫人に気楽な別れの挨拶をした。死ぬまでに二度とは会えないだろう有名人に対して、木野塚氏のほうはまさか、そこまで簡単に手はふれなかった。


夫人が玄関まで見送ってくれ、現像された写真を想像しながら、まだ宙を舞っているような気分で、木野塚氏は茫然《ぼうぜん》と成瀬家の門をあとにした。太陽は高く、雲は低く、蟬の鳴き声と遠いクルマの音が快く木野塚氏の躰に木霊《こだま》していた。

「正午《ひる》は過ぎてしまったが、どうかね、駅の近くで寿司でも食っていこうかね」

噴き出す汗もアタッシェケースの重さも、自分の歳も人生の辛さも、そのとき木野塚氏は、完璧に忘れていた。

「木野塚探偵事務所のお祝いという意味で、ささやかながら、わたしが奢《おご》ろうではないか」

「いいですねえ。わたしもお祝いをするべきだと思います」と、帽子の目庇を下にひき、身軽にスキップを踏んで、桃世が答えた。

「初仕事ではあるし、それにまあ、犯人だって……」

「探偵料は三十万円です。奥さんとは契約を済ませました」

「料金のことまでは、わたしは、うっかりしていた」

犯人はもう分かっている。高峰和子に会って写真まで撮って、その上三十万円もとるのは詐欺ではないかな、とは思ったが、考えてみれば探偵は趣味でやっているわけではない。まさか成瀬家にひき返して、所長みずから値さげを申し出るわけにもいかない。興信所では浮気の調査に一日十万円もぼったくるらしいから、誘拐事件にそれぐらいもらっても、悪くはないか。探偵の助手としては未熟でも、秘書としてはけっこう有能ではないかと、木野塚氏はあらためて桃世の経済観念に感心した。

「所長、さっきの家に隆良くんという大学生がいます」

「お手伝いの彼女も、そう言ってたな」

「自分の部屋にいたから、金魚を早く返すように言っておきました」

　桃世の目はひたすら丸く、どこまでもとぼけていて、どういう想念が働いているのか、木野塚氏には理解できなかった。

「お金持ちのくせに、小遣いが少ないんですってね」と、小さく首をふり、ウインクのように目を細めて、桃世が言った。

「君が言ってるのは、もしかして、犯人が隆良という大学生だ、という意味かね」

「犯人というほど大袈裟《おおげさ》ではないですよ。金魚屋さんに預けて種採りをさせたらしいです」

「ほほう、金魚屋に、な」

「ほんのアルバイトのつもりだと言ってました。ほんのアルバイトで百万円は、高いですけどね」

「その男の子が犯人だと、君に、どうして分かったのか……」

「奥さんから、昨夜外出したのは隆良くんだけだと聞きました。外の人でなければ家のだれかに決まってます。明後日には事務所経由でタイショウを戻してやります」

「うーむ、なんとも意外な結末だ」

本当ならここで、木野塚氏は道端に座り込むところだったが、背中を流れる汗も、器材のつまったアタッシェケースも桃世の口調も、なぜか、それほど不愉快には感じなかった。事件を依頼されたのは木野塚探偵事務所であり、助手と所長は一心同体であり、料金は所長の収入であり、結果的に事件が解決すれば、それでいいことなのだ。

私立探偵という職業は奥が深いものだなと、高峰和子の嫣然と微笑む顔を思い浮かべながら、桃世の赤い野球帽に目を細めて、木野塚氏は小さく一人ごとを言った。写真ができあがったらひき延ばして、探偵事務所の壁に大きく飾ってやろう。事件をみごと解決し、しかも憧れの高峰和子と、いわゆるツーショットまで決めたのだ。私立探偵になって本当によかった。この歳まで生きていて、本当によかった。直前まで『竹』と決めていた寿司のランクを、木野塚氏は思いきって、『松』と格上げすることにした。

男はみんな恋をする

十月に入って、本来なら探偵稼業も軌道にのるべき時節だと思うのに、木野塚氏の事務所はどうも客足に無縁だった。不景気になって離婚もままならず、浮気の調査も払底する理屈なのか。それにしても、殺人や強盗や誘拐事件まで少なくなっているところが、なんとも木野塚氏には気にくわないのだ。

木野塚氏が私立探偵になった理由は、フィリップ・マーロウやリュウ・アーチャーの颯爽《さつそう》とした活躍に憧れたからだ。家出人捜査や他人の身元調べに時間を空費したかったわけではない。そうはいっても、この新宿に探偵事務所を構えた以上、毎日毎日桃世を相手にオセロゲームばかりやってはいられない。安定した経常利益とまでいかなくとも、事務所の家賃や桃世の給料ぐらいは業務のなかからひねり出したい。ハードボイルドを人生のスタイルに決めたとはいえ、どんな信条にも経費はついてまわるのだ。

こんなときアメリカ映画に出てくる私立探偵なら、安酒場のバーテンを相手にカードで時間をつぶすのだ。しかし木野塚氏に飲酒の習慣はなく、あいにくタバコの煙に無聊《ぶりよう》を慰める技もない。木野塚氏の情熱はひたすら私立探偵としての人生を燃焼させることで、そのためなら家庭の崩壊も厭《いと》わないぞと、不遜《ふそん》な野望を抱いてしまう今日この頃だった。

「ああ、桃世くん、この前金魚の誘拐事件を解決したのは、いつだったかね」と、読んでいた

『週刊金魚新聞』を机の上にたたみながら、なにやら真剣な顔でパソコンのディスプレーを睨んでいる桃世に、木野塚氏が言った。

「どうですかねえ。もう二ヵ月以上前ですかねえ」と、眉も口も動かさず、木野塚氏の質問を無視するような口調で、桃世が答えた。

「二ヵ月か。もうそんなになるのか。あのときはわたしの名推理が、みごとに的中したもんだ」

木野塚氏にしたって、金魚の誘拐事件が二ヵ月以上も前のことであることは、ちゃんと承知している。それ以降一件の調査依頼もないことも記憶している。しかし桃世との間で共通した話題はあの事件とオセロゲームぐらいで、桃世がパソコンに意識を集中しはじめると、木野塚氏は意味もなく、ひどく孤独になるのだった。

「さて。わたしはチラシでも配りながら、世情の動向を視察してこようかな」

「それがいいですね。お天気もいいし、散歩は躰《からだ》のためにもなりますよ」

ハードボイルドの私立探偵が、天気がいいからって散歩に出てどうするのだ。そう愚痴を言おうとしたとき、ドアの向こうから人の気配がして、木野塚氏はパソコンから目をあげた桃世と、思わず顔を見合わせてしまった。置き薬のセールスや踊る珍味売りなら、へんに陽気な足音をたてる。ドアだってノックと同時に、蹴破るほどの勢いであけてしまうのだ。

息をとめ、腰を浮かせたまま耳を澄ましていると、ノックもなくドアが開き、グレーの背広にステッキをついた年寄りが飄然《ひょうぜん》と顔をのぞかせてきた。地肌が見えるほどの髪は艶《つや》のない灰色で、鶏のように痩《や》せた首には七宝焼《しっぽうやき》のループタイがかかっていた。

「電話帳の広告を見たもんでな、お邪魔してよろしいかね」

人相風体からして、凶悪なタイプではなく、年齢からいっても新興宗教の勧誘や税務署の抜き打ち査察ではなさそうだった。『電話帳の広告を見た』というのだから、探偵業務に関係した用件であるに決まっている。それでも開業以来の経緯から、老人が客であることなど、とっさに木野塚氏は考えもつかなかった。

啞然《あぜん》としていた木野塚氏の頭に、熱い風が力強く吹き抜けたときには、どうやら桃世のほうも事の重大さを察知したようだった。冗談や悪戯《いたずら》ではなく、木野塚氏に探偵を依頼する人間が、本当にいたのだった。

「おかけくださいませ。ご用件は所長が直々《じきじき》に伺います」

桃世には公私の口調を鋭く切りかえる芸があって、声だけ聞いていると、なんだか大企業の社長秘書のような印象を受ける。桃世の給料は無駄ではなかった。この客への対応は金一封に値するなと、木野塚氏は頭のなかで密かに電卓を弾いていた。これまでただの装飾であった応接用の椅子に、なにはともあれ、開業以来初めての客を迎えたのだった。

本来なら出前の寿司でもとってやりたいところだったが、そこはハードボイルド、顎を四十五度の角度にひいたまま、木野塚氏も老人の向かいに腰をおろした。客だからってやたらに諂《へつら》っては信用をなくす。高圧的な態度ではいらぬ警戒心を起こさせてしまう。そのへんがなんというか、いわゆる私立探偵と興信所との、本質的な違いなのだ。

「わたくしが所長の木野塚佐平です。察するところなにか、重大なお悩みをお持ちのようですな」

鳥肌が立つような興奮をおさえながら、無理やり足を組み、木野塚氏がそっとテーブルに名刺をさし出した。

「最初に聞いておきたい。尾行というのは、どれほどの費用がかかるものかね」

「や、それはその、つまりですな……」

「金はいくらかかるかと訊いておるんだ。年寄りだからって足元を見られるのは不愉快だからね」

至極《しごく》ごもっとも。老人の危惧《きぐ》も当然とは思うが、壁にかかっている警視総監賞の額を見れば、木野塚氏が客の足元を見る探偵かどうか、簡単に分かるではないか。

「ひと口に尾行といっても……」と、かなり気を悪くしながら、それでも余裕の笑みを浮かべて、木野塚氏が言った。「調査の内容には、いろいろ種類があるわけです」

「そんなことは分かっておる。わしが訊いておるのは一般的な相場のことだ。目安としてどれだけの費用を考えればいいのか、正直なところを言ってもらえんかね」

「なんといいますか、それはですなあ……」

桃世が湯呑をのせた茶托を老人の前に置き、うしろにさがりながら、慇懃《いんぎん》な口調で声をかけた。

「お客様。当事務所は信用と誠意をモットーとしております。当然相談料は無料でございます」

「そういうことでして、いや、最初に説明すればよかった。相談だけならいくらしても無料というのが、当探偵事務所開設以来の方針なんですよ」

「お客様の抱えている問題をお話しになって、調査をする必要があるのかないのか、調査をするとしたらどれだけの費用がかかるのか、判断はそれからです」

木野塚氏が考えていた説明も、まったくそういうことなのだ。桃世が自分の心中をみごとに解説したことに、木野塚氏は大いなる勇気を奮い起こした。探偵と助手はかくも以心伝心でなくてはならず、この絆《きずな》さえあれば世界のどんな悪にでも、心を強くして立ち向かえる。

老人が落ちくぼんだ鋭い目で、ちらりと桃世の顔を眺め、ステッキを懐に抱えながら首を長く木野塚氏にのばしてきた。背広の袖にのぞく手の甲には濃く老人斑が浮いていて、百歳以上と言われても納得できそうな風貌だった。

「念を押しておくが、事は重大かつ微妙な問題でな。絶対に口外せんと約束してもらいたい」

「迅速、ていねい、秘密厳守。それが私立探偵としての基本的な心得です」

「問題が公《おおやけ》になればわしの人生は破壊される。日本にだって住んでいられなくなる」

「心得ていますとも。当事務所へお越しになるからには、相当な覚悟が必要だったでしょう」

「わしには立場があるんだ。タイコウキョウの副理事長をやっておる」

「なるほど。全国太鼓協会ですか」

「退職公務員連絡協議会だよ。定年までの三十五年間を都庁に奉職しておった。下水道の施設に関しては国との折衝《せっしょう》に骨を折ったもんだ」

「それはまあ、ご苦労さまでしたなあ」

「あんたは犬に詳しいかね」

「はあ?」

「犬のことをどれぐらい知っておる?」

「それはまあ……」と禿《は》げ頭の頂天を指で掻き、軽く咳払いをして、木野塚氏が言った。「シェパードとスピッツの区別は、つきますがね」

「要するに素人《しろうと》ということかね」

「子供のころ犬に噛まれたことがあって、それからどうも苦手ですなあ」

「うちの犬は人を噛んだりはせん」

「いや、なるほど、ごもっとも」

桃世が自分の席で腕組みをし、木野塚氏にだけ見える角度で、生意気な眉のひそめ方をした。木野塚氏だって本題に突進したい気持ちは同じだが、初めての客でもあることだし、とりあえずは相手の気分を和ませることが先決なのだ。ハードボイルドの本質が忍耐であることを、若い桃世にはどうも理解できないらしい。

「お話の要旨をまとめますと……」と、意識的に肩の力を抜き、ゆっくりと足を組みかえながら、木野塚氏が言った。「お宅様は当探偵事務所に犬の尾行を依頼なさりたいと、そういうことでしょうか」

老人が落ちくぼんだ目を厭《いや》な色に光らせ、ステッキの先を床にすべらせて、ふんと鼻を鳴らした。

「あんたのところでは、そういう仕事もしておるのかね」

「なんといいますか、社内規定は、設けておりませんが」

「犬なんか尾行してどうするのだ。彼らは盗みも破壊活動もせんじゃないか」

「非常に、まあ、ごもっともです」

「わしが頼みたいのは人間の調査だよ。ただその前に事の経緯を説明しておく。あんただって事情ぐらいは把握しておきたいだろう」

言われなくても、最初から木野塚氏は事情を聞く覚悟を決めている。そのためにこうやって応接用の椅子にも座っているのだ。相手にも仕事を依頼する戸惑いがあるにしても、今後は対応のシステムを確立しておく必要があるなと、木野塚氏は少しだけ反省した。

「わしの家にはサムソンというマンチェスターテリアがおってな。十年も飼っておるから、犬としては老いぼれの部類に入る。気立てはいいしよく懐《なつ》いてもおる。いわばわしの孫みたいなものだよ。そのサムソンが、実は、十日ほど前から飯を食わんようになった」

「天候が不順ですからなあ。犬もこたえるんでしょう」

「天気も躰も問題ではない。それは病院へ連れていって確かめた」

「老衰というやつですか」

「早まってもらっては困る。説明はわしがしておるんだ。サムソンは、つまり、恋に悩んでおるのだよ」

老人の向こうで桃世が椅子を鳴らし、木野塚氏の目に一瞬、虹のような光の靄《もや》が広がった。老人の精神が破綻《はたん》しているとも思えないが、年寄りが孤独のあまりつくり話で他人の関心をひこうとする現実が、ないわけでもない。

「話のご趣旨が摑めませんなあ。犬猫病院とか獣医とか、そちらの関係にまわられたらいかがです」

「獣医には診せたと言ったじゃないか。わしの話を聞いておらんのかね。サムソンの体調に異状はない。恋患《こいわずら》いが高じて鬱病《うつびょう》にかかってしまったのだ」

「ええと、ですから……」

「話は最後まで聞きたまえ。老いぼれたとはいえサムソンも男だよ。妙齢な婦人に懸想《けそう》して食欲をなくすというのも、ある意味では当然じゃろうが」

「お宅の犬が恋をした相手は、人間の……」

「冗談ではない。わしは擬人法を使っただけだ。サムソンが惚れた相手は、山田《やまだ》さんちのグレートピレニーズだ」

「山田さんちの……ねえ」

老人がはたと木野塚氏に視線をすえ、年寄り斑の浮いた頬に、うっすらと赤みを走らせた。

「名前はハナコといいおったかな。相手は純血種だと主張しておるが、あれはどう見ても雑種がかかっておる。それにくらべてサムソンは血統書つきのマンチェスターテリアだ。家柄といい血統といい、雑種のグレートピレニーズなんかに文句を言われる筋合いはない」

「要するにお宅の犬が、山田さんちの犬に嫌われたということですな」

「雑種がどうして血統書つきの犬を嫌う？　そんなことは論理的にありえんのだ。仮にだよ、もしサムソンとハナコが健全な交際をして、その結果相性が悪いということならわしだって無茶は言わんよ。それを山田のアキヨさんは、はなから二人の交際を認めようとせんのだ。あの女には昔からそういうところがあった。人間なら理性で我慢もできるが、言葉も喋れん犬のことだ。サムソンの様子を見るにつけ、わしは不憫《ふびん》でならんのだよ。老い先も短いサムソンに、わしはなんとか、その思いを遂げさせてやりたいのだ」

老人の目が濁ったままの色で不気味に光り、木野塚氏は混乱と諦念《ていねん》のなか、無意識に身構えた。犬に失恋や恋患いがあるのが事実だとしても、それが探偵としての自分の人生に、なんの関係がある。いくら暇だとはいえ、プロの私立探偵がこんな事件にかかわってミス・マープルやエラリー・クイーンに、笑われはしないだろうか。

「お話は分かりました」

突如桃世が腰をあげ、木野塚氏のうしろにまわりながら、悟ったように冷静な声を出した。

「ご依頼の趣旨はその二匹の犬を仲よくさせたいと、そういうことでございますね」

「それは、まあ、そういうことだが」

「承知いたしました。当事務所には動物にかかわるトラブルについて、大きな実績がございます」

「山田のアキヨさんは手ごわい女だぞ。気が強くて見栄っぱりで因業で、ひと筋縄で手に負える相手ではないんだ」

「お任せくださいませ。警官人生三十七年、警視総監賞受賞。所長の経験と実績は、必ずやお客様に満足していただけると思います」

「桃世くん、しかし……」

「あとは料金の問題ですね。前例からすると申し込み金として五十万円、成功報酬として五十万円。トータルで百万円ほどになると存知ます」

百万円と聞いて、内心木野塚氏は狼狽《ろうばい》したが、開業以来の赤字を考えれば食指が動く金額ではある。

「百万？　うーむ、百万か」

老人が腕を組み、黒い革靴の底をこつこつ鳴らしながら、なにやら落ち着かない顔で欠伸《あくび》をした。金額には所長の木野塚氏だって驚いたのだから、年金生活者らしい老人が戸惑いを見せるのも、至極当然だ。飼い犬がよその犬に惚れたぐらいのことで、木野塚氏なら、まず千円だって出さないだろう。

「分かった。他ならぬサムソンのためだ。その金額を呑もうではないか」

「はあ？」

「そのかわり仕事はきっちりやってもらうぞ。手段は選ばん。山田のアキヨさんを徹底的に調べあげて、なんとしても弱味を探し出すのだ。傲慢《ごうまん》で思いやりがなくて自惚《うぬぼ》れ屋のあの女に、どうしてもひと泡吹かせてやりたい。わしの大事なサムソンに、なにがなんでも男の思いを遂げさせてやるのだ」

冷汗が噴き出した木野塚氏の背中に、桃世が軽く手をかけ、老人のほうへ呆気《あつけ》なく一枚の紙をさし出した。

「万事お任せくださいませ。それではお客様、こちらの用紙に住所、氏名、電話番号を……」

＊

新宿区中落合《なかおちあい》一丁目。

木野塚氏の家がある荻窪よりいくらか下町臭のある住宅街で、区割りの小さい街路には鉄筋や木造の小ぎれいな家が並び、秋晴れの陽射しのなか、目白《めじろ》通りを走るクルマの喧噪《けんそう》もはるか遠くに聞こえる程度だった。

調査依頼申し込み書に記入された老人の名前は、小松泰久《こまつやすひさ》。年齢は見かけよりは若い七十三歳で、五年ほど前に夫人をなくし、今は出戻りの娘と孫との三人暮らしだという。事の起こりは十日前、飼い犬のサムソンを散歩させていた小松老人が、児童公園でハナコを連れた山田のアキヨさんと偶然に出会ったところから始まった。小松老人と山田夫人は旧知の間柄だったが、サムソンとハナコは初対面で、よくあることではあるがサムソンの側が一方的に一目惚れをした。以降散歩に出るとひたすら山田家の方向に鎖をひいていき、庭につながれている間も悄然《しようぜん》ととなり町の空を眺めて過ごすという。好物の鮪《まぐろ》カレーにも手をつけず、三日ほど前からは往診の獣医が栄養剤の注射を打って命をつないでいる。人間の年齢にすれば六十前後ということで、まったく、犬も人間も、歳《とし》をとってからの恋は命がけということだ。

「桃世くん、やはりどうも、気がすすまんなあ」と、小松老人の家を出たところで、変装用のハンチングを目深にかぶりながら、長くため息をついて、木野塚氏が言った。

「思ったより難しい仕事ですね。トリマーをやってる友達に聞いたら、普通はマンチェスターテリアとグレートピレニーズのかけ合わせはしないそうです」

「恋の成功と繁殖は、まあ、別ものではあるが……」

小松家の庭で見かけたサムソンは、映画でよく見るドーベルマンを玩具《おもちゃ》にしたような、呆《あき》れるほど小さい犬だった。くすんだ色といい貧相な顔立ちといい、素人の木野塚氏が見てもあまり見栄えのする犬とはいえなかった。ハナコの美意識がどんなものであるにせよ、自分が犬なら丁重に遠慮するだろうなと、木野塚氏は率直に判断した。

「どうするね。相手の家に行って、ハナコをサムソンの嫁にほしいと申し込んでみようかね」

「そういうことはもう小松さんがやっていますよ」

「しかしなあ、山田さんの弱味を探して脅迫するというのは、健全な私立探偵のすることではない気がする。わたしとしては社会正義を貫きたいのだ」

「仕事は仕事、お金はお金です」

「君、それは、薄情だ」

「法律に違反するわけではありませんよ」

「今度の仕事で、プロとしての経験や推理がどう役立つ？」

「所長、ずいぶん弱気ですね」

「そういうことでも、ないんだが」

「ハナコの気持ちを確かめてもいないし、山田さんの本心だって分かりません。基本的な調査をして、後のことはそれから考えればいいじゃないですか」

所長と助手の立場が、なんとなく逆転している気もするが、桃世の意見に一理あることは木野塚氏にも分かっていた。理念や理想がどうであれ、私立探偵というのは立派な営利事業なのだ。良心に目をつぶって利潤を追求するのも、ハードボイルドに生きるためには、避けて通れない試練ということか。

「だけどねえ、所長……」と、住宅街の道を西に歩き出してから、横目の視線をふり向けて、桃世が言った。「その帽子、なんとかなりませんか」

「似合わない、という意味かね」

「へんに目立ちます。人がふり返っていますよ」

「探偵らしくて、その、イカスと思ったんだがな」

「わたしといるときはやめてください。所長と違って、わたしは人からじろじろ見られることに慣れていませんから」

二人が向かったのは山手《やまて》通りをはさんで落合ととなり合っている、中井《なかい》二丁目だった。小松老人は十分で行きつくと言ったが、町名標識を眺めながらの道中はその倍の時間が必要だった。山手通りを渡っても家並みの雰囲気は似たようなもので、二丁目二十一番地の付近を五分ほど徘徊《はいかい》し、二人はやっと〈山田〉と表札の出ている新築の二階家を発見した。若い桃世と歩調を合わせることに、体力的な苦痛を感じなかったのは、最近木野塚氏が散歩ばかりしているせいだった。

ブロックの塀を巡らした山田家の建物は、化粧瓦と白い新建材の瀟洒《しょうしゃ》なたたずまいで、秋咲きの赤い薔薇が門の鉄扉からふんだんに外の歩道へあふれ出していた。庭には山茶花《さざんか》や小紫《こむらさき》の低木が茂り、二階の屋根には太った雀が数羽のんびりと群れを成している。

木野塚氏がハンカチをとり出して、首筋の汗を拭こうとしたとき、ミニスカートをはいた女の子が玄関にひょっこり顔を出した。女の子は庭を通ってそのまま蔓薔薇《つるばら》の門扉のほうへ歩いてきた。歳は桃世より少し若い感じだったが、凹凸のない肉感的な足をした、全体的に丸っこい印象の女の子だった。

木野塚氏と桃世は急ぎ足で門の前を離れ、塀の角まで来たところで、顔を見合わせながらそっとうしろをふり返った。

「山田さんの孫ですかね」と、歩いていく女の子のうしろ姿に首をのばしながら、短い髪を頭の上に掬《すく》いあげて、桃世が言った。「大学の一年生か二年生。授業のあとは、たぶんデートです」

「ほほう。デートだと、なぜ分かる?」

「ジャケットがへんに大人っぽいし、ブーツもおニューです。それに授業を受けるだけならグッチのバッグなんか持ちませんよ」

嘘だか本当だか、もちろん、木野塚氏にはなんとも判断はできなかった。桃世も探偵の助手であるということなら、それなりに推理の真似ごとはやってみたいのだろう。

「所長、さっきの帽子を貸してください」

「うん?」

「彼女を尾行してみます」

「君が、彼女を……」

「夕方に事務所で落ち合いましょう」

「そうすると、わたしは、なにをするのかね」

「自分で考えればいいでしょう。聞き込みをするとか犬と友達になるとか、いくらだってありますよ」

木野塚氏が返事をしかけたときには、女の子はもう路地に消えていて、桃世のほうも受けとったハンチングを頭にのせながら、大股に歩き出していた。木野塚氏は遠ざかっていく桃世のうしろ姿を見送っているうち、突然背中に悪寒を感じて、ぶるっと身震いをした。探偵であるからには、たしかに調査が仕事ではある。しかし聞き込みといったって、なにをどこから、どう始めたらいいのだ。

時間は午前の十一時。人が通らないほど無人の街路でもなく、ぼんやり立っていて人目につかないほどの繁華街でもない。身を隠すような物陰もないし、張り込みをかわる相棒がいるわけでもない。犯罪者やその家族でもないのに、漠然《ばくぜん》と山田家を張り込んでいて、なんの意味があるのか。

こいつはどうも、根本的に検討する必要があるなと、やっと木野塚氏は決心し、道の途中に児童公園があったことを思い出して、ぶらりとその方向へ歩き出した。カメラや双眼鏡や盗聴器の入ったアタッシェケースも重くなったし、ベンチでひと休みしてから次の行動を考えよう。気力自体は探偵に燃えていたが、なんといっても木野塚氏は六十を過ぎている。フィリップ・マーロウやリュウ・アーチャーはあのとき何歳《いくつ》だったのだろうと、歩きながらふと木野塚氏は一人ごとを言った。映画で見たフィリップ・マーロウは、そういえば、六十を過ぎているようには思えなかったが。

ベンチに腰かけ、アタッシェケースをおろしてネクタイを弛《ゆる》めてから、禿げ頭に浮いた汗をハンカチでぬぐい、カラスが飛ぶ空を見あげて木野塚氏は大きく欠伸をした。仕事への興奮で、昨夜はよく眠れなかった。今朝は今朝で、朝一番のゴミ出しが待っていたのだ。探偵を始めてもゴミ出しはつづけると約束した以上、そちらの仕事も放棄するわけにはいかなかった。安らぎのない倦怠《けんたい》した家庭生活、客の来ない探偵事務所、生意気で色気のない秘書兼助手。人生とはかくも不都合なものであることかと、六十を過ぎて、木野塚氏はしみじみと嘆息した。加えて今度の仕事は、あろうことか、犬の片思いなのだ。

木野塚氏は頭のなかで、自分が教則本にしている探偵小説を、限りなく羅列してみた。しかし犬の恋愛に介入する話など、やはりひとつも出てはこなかった。犬を攫《さら》うような非常手段はとりたくない。山田家に盗聴マイクを仕掛けるほどの大事件でもない。山田夫人も小松老人と同じほどの歳らしいから、まさか小粋な年寄りと不倫に励んでいることもないだろう。出入りのクリーニング屋に聞き込みをしたところで、山田夫人がハナコを犠牲《いけにえ》にさし出すような情報をにぎっているはずもない。今度の事件は、小松老人がサムソンを愛するあまりの、単なる年寄りの我儘《わがまま》ではないか。

急に腹が立ってきて、木野塚氏は敢然《かんぜん》と立ちあがり、アタッシェケースを手にさげてよろりと歩き出した。桃世がなんと言おうとこれは人の道に反する行為であり、木野塚氏が理想とする探偵像からも逸脱する仕事だった。成功報酬の五十万円なんかなかったものと思えばいいのだ。受けとった申し込み金だって、経費をさしひいて二十万円も返せばいい。『武士は食わねど高楊枝』というあの気概を、自分はいったい、いつから忘れていたのか。

木野塚氏が山田家の前まで戻ってきたときには、すっかり覚悟は決まっていて、晴れやかな気分と屈折した自己満足が、そうでなくても高い木野塚氏の血圧を限界にまで押しあげていた。小松老人の家にまわって啖呵《たんか》を切る前に、サムソンがそこまで惚れたハナコを、ぜひともひと目見ようと思ったのだ。

爪先立っても塀からはのぞけず、門の前にまわって庭を透かしていたとき、背うしろに人の気配がして、冷汗を感じながら、木野塚氏はゆっくりとふり返った。そこには銀髪にゆるいパーマをかけた婦人が買い物かごを抱えていて、重心をうしろにひきながら、じりっと木野塚氏のほうへつめ寄ってきた。

「どういうことでございましょう。宅になにか、ご用でございましょうか」

「は、いや、ええと……」

「ご用ならわたくしが伺いますけれど？」

「その、あなたは？」

「山田の家のものでございます」

「失礼。つまり、いや、あまり薔薇がみごとだったもので、つい見惚れておりました」

「あら、薔薇を……」

「無断で、実に、申しわけない。わたしも薔薇を育てておるのですが、秋になるとどうも勢いがなくなる。なにか秘訣でもあるのかと、思わず拝見させていただいた」

婦人の抱えていた買い物かごが、泰然《たいぜん》と膝の横におりていき、待つまでもなく、恰幅《かっぷく》のいい婦人の顔に浅い小皺《こじわ》が広がりはじめた。目の表情には静かな若さがあふれていて、形のいい眉といい小さくて上品な鼻といい、若いころは相当な美人であったことが想像できた。歳恰好からして、どうやらこの婦人が問題の山田アキヨさんらしかった。

手の甲で額の汗を誤魔化しながら、心臓の鼓動を背広の内側に包み込んで、木野塚氏が言った。

「それにしてもみごとなお庭ですなあ。お、夏の芙蓉《ふよう》がまだあんなに咲いている」

「お詳しいですわねえ。わたくしなんか主人がやっていたとおりのことを、見よう見真似でつづけているだけなんですのよ」

「芙蓉もみごとだし山茶花の艶も結構だが、やはりこの、門の薔薇は圧巻ですなあ。市販の肥料ではここまで鮮やかに咲かんでしょう」

「お分かりになります？　仰有《おつしや》るとおりですの。この薔薇の肥料には、主人直伝《じきでん》の秘密がございますのよ」

「直伝の秘密……おお、それはなんとも、聞き捨てならんことです」

もちろん木野塚氏だって、目前の婦人が当の調査対象であることぐらい、ちゃんと認識していた。しかし直伝の、秘密の肥料と聞いてはもう黙っていられない。なにしろ木野塚氏の唯一の趣味は、庭木の手入れと野菜のプランター栽培なのだから。

小松老人との契約は破棄すると決めたのだ。血圧もあがって精神も錯乱して、木野塚氏は背広のポケットから名刺入れをとり出し、一枚を抜いて山田夫人にさし出した。

「仕事でたまたまこの道を通りましてな。他人様のお宅をのぞくのは失礼かと思ったのですが、薔薇を目の前にして年甲斐もなく我慢がきかなくなりました」

「あら、まあ。お仕事、私立探偵でいらっしゃいますの」

「警官時代から捜査一筋。ほかの職業ではわたしの才能が泣くのですよ」

「ご立派なことですわねえ。わたくし、本物の私立探偵の方にお会いするの、生まれて初めてでございますわ」

「わたしもこれほどみごとな薔薇を育てるご婦人には、生まれて初めてお目にかかった」

山田夫人の目尻の皺が愛らしく微笑み、風もないのにワンピースの豊かな裾が、ゆらりとひるがえった。因業で我儘で自分勝手と言った小松老人の評価とは、断然異なるなと、木野塚氏は鋭く夫人を評価した。

「このお名前、キノヅカさんとお読みしますの」と、買い物かごをぶらりとゆすり、サンダルの踵《かかと》を三十度ほど捻《ひね》って、山田夫人が言った。

「木野塚探偵事務所所長、木野塚佐平と申します」

「わたくしこの家の山田でございます。で、木野塚さん、黒いリンドウに興味がございまして？」

「黒いリンドウ、ですか」

「偶然だとは思いますがね。例の肥料をやっていたら、庭のリンドウが黒い花をつけましたの」

「おう、それはまた、なんと。いや、ぜひとも、ぜひとも拝見させていただきたい」

夫人がサンダルをぽんと鳴らし、門の扉に手をかけて、腰を屈《かが》めながら呆気なく木野塚氏を内側に促《うなが》した。予想もしなかった展開に罪の意識を感じたが、黒いリンドウと秘密肥料の誘惑は、木野塚氏のなかから探偵の自覚をきっぱりと払拭《ふっしょく》していた。虚心坦懐《たんかい》、真心さえ忘れなければ人生はどんな方向にも、幸運をもたらすものなのだ。

案内された山田家の庭は、庭石と植木と草花が渾然《こんぜん》となった無手勝流の構造で、ベランダの前だけコンクリートと玉石が敷かれ、狭くはあるが手入れのゆき届いた和やかな風景だった。

玄関から入った山田夫人が内側からベランダの戸をあけ、下駄をつっかけて、庭を観賞していた木野塚氏をさっそく西隅の花壇へ連れていった。塀の外からは見えなかった満天星《どうだんつつじ》や錦木《にしきぎ》も淡く色づき、花壇にはベゴニアやサルビアがまだ勢いよく咲き残っていた。

「ご覧くださいましな。トラノオの向こう側に小さく顔を出しておりましょう。この春に植えて肥料をやっておりましたら、あんな色に咲きましたの」

夫人が指さした花壇の奥には、たしかに数条のリンドウが顔を出していて、茎も葉形も花姿も、なるほど、間違いなく木野塚氏の知っている日本リンドウだった。ただ通常のリンドウと異なるのは、本来なら濃い青であるはずの花が、夫人の言うとおり、見たこともないほどの漆黒に輝いていることだった。

「や、や、や、奥さん、これは、奇跡というやつですぞ」と、思わず唾《つば》を飲み込み、驚嘆と感動に深くため息をついて、木野塚氏が言った。「こんなリンドウは見たこともない。黒といっても普通なら紫の濃いやつなのに、これは本物の、まっ黒ではないですか」

「不思議なこともございましょう。園芸屋さんに訊いても、黒い種のリンドウは知らないということでしたわ」

「奇跡だ。実にみごとだ。これはさっそく、日本リンドウ協会に登録せにゃならん」

「そこまでは、ねえ」

「なにを仰有る。世の中には質《たち》の悪い人間もおりますからな。この栄誉をだれに横取りされるか、知れたものではありません」

「そうは申しましてもねえ、これが新種という保証はございませんし」

「立派な新種ではありませんか。ここまでまっ黒ければ、間違いなく新種のリンドウです」

「でも株を分けていただいた向こうのお宅では、相変わらず青いリンドウですのよ」

「だからこそこれが……」

「いえね、このリンドウが繁殖して、来年別の土でまた黒い花を咲かせたら、そのときは新種ということになるのかも知れませんわ。ただどうも、わたくしには肥料の具合としか思えませんの」

「つまり……」

「肥料のなにかの成分が、たまたま今年だけ色に作用したんじゃないかしら。株分けや種採りをしたら、また青い色に戻ってしまいますわよ」

「うーむ」

「わたくしはただ、この偶然を静かに楽しめればそれで良うございますの。努力も研究もしておりません。そんなことで素人が新種なんかつくり出せませんでしょう。植物でも科学でも、世の中ってそういうものではございませんこと?」

「そういう、ものでしょうかな。いやまったく、この木野塚佐平、いい歳をしてつい興奮してしまった。奥さんにくらべるとまだまだ人生経験が足らんようです」

夫人が恰幅のいい腹をゆすって、中腰のままうしろへさがり、陽射しに顔をさらしながら、どこへともなくにっこりと微笑んだ。荻窪の家で一日中陰気な顔をしている木野塚家の夫人を思い出して、空しいやら腹が立つやら、木野塚氏はそっとげっぷをした。女によってこうも歳のとり方が違うということは、この世にはやはり、神や仏はいないのだろう。

「そうそう、お茶をさしあげるのを忘れておりましたわ。どうぞそこの椅子におかけくださいまし」と、木野塚氏に庭の石椅子をすすめ、あけ放したベランダの戸に歩きながら、夫人が言った。

「お構いくださいますな。わたしはたまたま、近くを通りがかっただけなのです」

「お茶ぐらいよろしいではありませんか。お庭に詳しい方、わたくしいつでも大歓迎ですのよ」

木野塚氏が花壇から腰をあげたときには、夫人はもう家のなかに姿を消していて、複雑な心境ではあったが、木野塚氏はとにかくその椅子で休ませてもらうことにした。調査を放棄した今となってはもう仕事もなく、事務所へ帰ったところで、どうせ桃世も夕方まで戻らないのだ。

椅子に腰かけ、木野塚氏が手入れのいきとどいた庭に本心から感嘆していると、夫人が盆に茶托の湯呑と海苔《のり》煎餅を持ってあらわれ、ベランダの端に浅く腰をおろした。太っていて、歳も木野塚氏より十ほど上であるはずなのに、夫人の身のこなしは嬉しくなるほど軽やかだった。

そのとき、どこに隠れていたのか、伊吹《いぶき》の植え込みの陰から白くて大きい犬が顔を出し、口に運びかけていた湯呑を、木野塚氏は危うくとり落としそうになった。考えてみればこの家にはハナコというメス犬がいたはずで、リンドウや海苔煎餅に気をとられて、すっかりそのことを忘れていたのだ。

「お、お、これは……」

「ハナコや。突然出てきたらお客様が驚くでしょう。ご挨拶が済んだら、あなたは自分のお家に入っていなさい」

「や、お構いなく。しかしなんとまあ、みごとなグレートピレニーズですなあ」

「あら、木野塚さん、犬にもお詳しいんですの」

「仕事の性質上、広くて浅い知識を持っておるだけのことです。それにしても彼女、飼い主に似て実に美形でいらっしゃる」

「ご冗談はおやめくださいまし。今ごろあの世で、主人があかんべえをしておりますわ」

これまでの話の様子から、夫人が寡婦《かふ》であることは承知していた。だからって交際を申し込もうとか不倫を迫ろうとか、木野塚氏にそんな下心があったわけではない。夫人も犬も実際に恰幅がよく、小松老人とサムソンの貧弱さを思い出して、本心から感服しただけのことだった。この白くて優雅で貫禄のあるハナコがサムソンにどんな感情を抱いているか、そんなことは訊かなくても想像がつく。夫人を脅迫してハナコをサムソンに見合わせたら、それは間違いなく、犯罪になってしまう。

「しかし、その、なんですなあ」と、海苔煎餅を口に放り込み、渋くて香りのいい煎茶をとっくりと味わってから、木野塚氏が言った。「これだけの美人ということであると、町内の男どもが放っておかんでしょうなあ」

「そんな……七十のお婆《ばあ》さんを相手に、冗談にも程がありますわよ」

「失礼。わたしは犬のことを申したつもりだった」

「あら?」

「あ、いや、これはまた、重ねて失礼なことを」

夫人の白い顔に、一瞬無邪気な赤みがさし、その羞恥心《しゅうちしん》が木野塚氏にも伝染して、わきの下に、じわりと冷汗を噴き出させた。夫人を赤面させる意図など毛頭なかったが、おのれの迂闊《うかつ》さを反省して、木野塚氏は心から恐縮した。七十でも八十でも女は女でありつづける理屈を、このとき木野塚氏は、生まれて初めて納得した。

いたたまれず、木野塚氏はつきあげられるように椅子を立ち、器材の入ったアタッシェケースをとりあげて、犬と夫人に、深々と頭をさげた。

「知らないお宅に長居をして、とんだ失礼をいたしました。我ながら節操のなさに恥じ入るばかりです」

「まだよろしいではございませんの。お茶も二番茶が出ごろと申しますわ」

「仕事が残っておるのですよ。殺人事件の捜査で、これから北海道へ飛ばねばなりません」

「これから、北海道へ?」

「保険金殺人の証拠調べでしてな。調査の如何《いかん》によっては、無実の人間を刑務所から出してやれる可能性がある」

「まことにそれは、大変なお仕事ですわねえ。せっかく秘密の肥料をお分けしようと思いましたのに」

「そ、そうでしたな。みごとな犬と美味《うま》いお茶に、つい心を奪われてしまった。肥料のほうも、なんとか、ご伝授いただきたいものです」

「お時間は?」

「ご心配いりません。電話をすれば十分や二十分、飛行機も待ってくれるはずです」

「そういうことでしたら……」

夫人が疑う様子もなく腰をあげて、木野塚氏に流し目を送り、よっこらしょと言いながら悠然と部屋へ入っていった。大いなる混乱と羞恥で、木野塚氏の心中はパニックの絶頂だった。気絶もせずに立っていられたのは、これがさすが、ハードボイルドというやつだ。

「とりあえずお持ちくださいましな」と、戻ってきて、庭下駄をつっかけ、ゆったりと木野塚氏のほうへ歩きながら、夫人が言った。「一掴みほどの量をお鍋一杯の水で一時間煮出しますの。植木にかけるのは、もちろん冷めてからですわ」

夫人がさし出したのはビニールの小さい袋で、受けとったときの感触は、籾殻《もみがら》か茶殻か糸屑か、なんだかおよそ肥料とは思えぬ軽いものだった。

「センブリとゲンノショウコをベースに、十六種類の薬草がブレンドしてありますのよ」

「というと、つまり、漢方薬?」

「そういうことになりますかしら。いえね、生前主人がその方面に凝っておりまして、五年がかりで完成させましたのよ。本来は毛生え薬に使っておりました」

「毛生え、薬に……」

「人間の毛が生えるなら植物だって生えますでしょう。そう思ってわたくしが、勝手に肥料として使っておりますの」

毛が生えるなら植物だって生える、という理論に、どこまで根拠があるものか。しかし青いリンドウが黒くなったり、秋薔薇がみごとに花を咲かせたり、目の前の事実はなんとなくその薬効を証明している。リンドウにもたらされた奇跡が木野塚氏の頭にまで起こるとしたら、それこそ青天の霹靂《へきれき》。もう三十代から淋しくなった自分の頭に毛が生えるとしたら、小松老人から受けとった申し込み金なんか、いつだって、耳をそろえて返却してやる。

「奥さん、それで、ご主人の髪の毛に、効果はありましたかな」と、高まる鼓動をおさえ、痙《けい》攣《れん》の走っている首筋をハンカチで隠しながら、つとめて冷静に、木野塚氏が言った。

「あったようですわねえ。わたくしにはどちらでもいいことでしたけど、白髪が黒くなったことだけは確かでしたわ」

「白髪が、黒く、ですか。それなら植木に効果があるのは、当然のことです。植木にも白髪にも禿げ頭にも……」

「なにがどう効くのかは知りませんけど、よそ様のお庭にくらべてみな元気が良うございましょう。わたくしもたまに、お茶がわりに飲んでおりますのよ」

「貴重なものを、遠慮なく、ちょうだいいたします」

「お時間のあるときにまたお越しくださいましな。探偵さんのお仕事について、わたくし、もっとたくさんお聞きしたいですわ」

「間違いなく、近いうちに必ず伺います。飛行機の時間が迫っておって、今日はなんとも、残念で仕方ありませんよ」

見送ろうとする夫人の好意を、木野塚氏は躰全体で固辞し、庭木と犬と夫人に精一杯の愛想笑いをふりまきながら、アタッシェケースの重みも顧みずスキップをふんで外に出た。秋の乾いた陽射しが穏やかに頭をあぶり、木野塚氏の前途を祝うように、カラスが一声、かあと鳴いて低く滑空する。プランターのナスが実をつけたり渋柿が甘くなったり、さまざまな空想が想念を彩ってきても、本筋はやはり、自分の頭をたわわに被う黒くて艶のある髪の毛だった。これまで口にこそ出さなかったが、無慈悲にも粛々と薄くなっていく髪の毛に、木野塚氏は言い知れぬ憎悪と挫折感を抱いてきたのだ。それがいつの日か、笑い話に変わってしまうのか。頭に人並みの髪の毛さえあれば、若い女性の嘲笑に曝されることもなく、もしかしたら、新しい恋のひとつや二つ、これからだって出現するかも知れないのだ。

暗い酒場のカウンターでモデルのような美人と恋を囁《ささや》き合う自分の勇姿を想像して、西武《せいぶ》線の駅へ歩きながら、木野塚氏はにやりとほくそ笑んだ。天気もいいし体調もいい。久しぶりに今日は恋愛映画でも見て帰ろう。ハードボイルドの私立探偵には、酒やタバコももちろん、甘くて切なくて悲しい恋愛も、ぜったいに不可欠なのだ。

*

木野塚氏が新宿の事務所に帰ったときは、五時を過ぎていて、律儀な秋の日が猥雑な街路を気楽なセピア色に染めあげていた。新宿の場末のそのまた裏側というのは、いつ見ても、なぜここまで幸せの匂いが薄いのだろう。

事務所には女の子を尾行していたはずの桃世も戻っていて、ドアをあけた木野塚氏に、頬杖をついたまま色気のない流し目を送ってきた。髪はいつまでたっても冗談のように短いし、胸にも腰にもまるで女性の丸みが見られない。恋人らしきものもいないようで、どこかホルモンに異状でもあるのかと、密かに木野塚氏は心配している。

「遅かったですね。聞き込みのほう、成果がありましたか」と、ジーンズの足を大きく投げ出しながら、少し首をかしげて、桃世が言った。

「それがな、桃世くん。今回の仕事は、やはりまずいと思うのだよ」

桃世が軽く椅子をずらし、木野塚氏が貸してやったハンチングを人さし指の先で、くるくると回してみせた。

「なんというか、山田夫人の身辺調査をするのは、探偵道にもとる行為であると判断した」

小松老人に申し込み金を返すことを思い出し、木野塚氏の心中に、かすかなためらいが湧きおこった。社会正義を信奉することと、自分の美学を貫徹させることとが、どこかで、ちょっとだけ嚙み合わない。そうはいっても、探偵業務における事後処理や雑用は、すべて助手の仕事なのだ。探偵事務所としての基本方針を決めるのが所長の義務であり、良くも悪くも、スターはあくまで木野塚氏なのだ。

「山田さんの素行を調べるというのは、わたしも感心しませんね」

「そうだろう。調査した結果、夫人は完璧な人格を持っていることが判明した。いくら自分の犬が可愛いからといって、小松氏の依頼は限度を超えている」

「最初からへんでした。事務所に来たときから、裏があると分かっていましたよ」

助手のくせに大きな口をきくなとは思ったが、桃世には明日、小松老人に契約破棄を通告させる仕事がある。面白くはなくても、顔を立ててやるより仕方がない。山田夫人の人柄に接したのは木野塚氏のほうだし、いくら女の子を尾行したからといって、桃世が摑んだ事実などたかが知れている。探偵と助手とでは調査能力に開きがあって、当然のことなのだ。

「でもよかったですね。今度の日曜日、ハナコを小松さんの家へ連れていく約束をしました」

「それはそう……ん？」

そのとき木野塚氏は、もう自分の椅子に腰をおろしていたが、桃世の台詞《せりふ》にわけも分からず、残り少ない髪の毛を逆立ててしまった。日曜日がどうとかハナコがどうとか、いったい桃世は、なにを言ってるのだ。

「ええと、桃世くん、今言ったのは仕事の話かね」

「あの女の子、アユミちゃんという名前です。友達になるのに少し時間がかかりました」

「ほほう、友達に」

「睨んだとおりでした。小松さんの話には裏がありました」

「ふーん、裏がなあ」

「犬ではなくて、本当は自分が山田さんに惚れていたんです」

「彼女からそんなことまで聞き出したのかね」

「山田家では有名な話です。若いころから小松さんはずっと山田のお婆さんに惚れていて、お爺《じい》さんが亡くなってから、また昔の話を蒸し返してきたそうです」

「つまり……」

「結婚を迫っているんです。そこまで女の人を好きになるのは偉いけど、ちょっとやり過ぎですね」

どうも、俄《にわか》には信じがたい推移だが、山田夫人の孫が証言したというなら、話に間違いはないだろう。小松老人があそこまで立場や体裁に拘《こだわ》っていたのは、それが理由だったのか。『若いころから』というから四十年か五十年の時間が経過しているはずで、愛情というより、執念に近い情熱だ。純愛と呼べば呼べるにせよ、探偵に相手の素行調査まで依頼するとなると、話はだいぶ変わってくる。しかも飼い犬にかこつけて、脅迫まで考えているのだ。小松老人の人格が感心できるとは言い難い。この問題ばかりは、有能な私立探偵でも解決は不可能だろう。他人事《ひとごと》ながら木野塚氏は自分の人生とも合わせて、一瞬暗澹《あんたん》たる気分におちいった。

「経費は五万円です。日曜日に会ったときに渡します」

「なんの話かね」

「アユミちゃんへのアルバイト料ですよ。散歩の途中、内緒でハナコを小松さんの家へ連れていくそうです」

「君なあ、そんなことをしても、問題の解決にはならんだろう」

「小松さんの依頼は、手段を選ばずハナコとサムソンを見合わせる、というやつです。本人の問題まで依頼されたわけではありません」

「それは、なんというか、詭弁《きべん》だ」

「詭弁を使ったのは小松さんのほうです。犬の問題を解決すればうちの仕事は完了です」

率直に賛成する気にはなれなくても、桃世の理屈に正当性があることは、申し込み書や契約書に歴然と書いてある。木野塚探偵事務所が請け負った仕事は、あくまでも犬の恋愛を成功に導くことなのだ。小松老人と山田夫人の関係がどうであれ、人間は人間、犬は犬ではないか。仕事をキャンセルせずに済めば、申し込み金を返す必要はない。成功報酬だって受けとる資格がある。経費も五万円しかかからないわけだし、成功というなら、たしかにこれは大成功だ。

「しかしなあ、桃世くん……」と、椅子に深く座り直し、意味もなく鉛筆をもてあそんで、木野塚氏が言った。「仮にだな、その、ハナコとサムソンの気が合わなかった場合は、どういう結果になるのかね」

「犬の気持ちにまで責任はとれませんよ」

「そんな、無責任な」

「ハナコって性格が大らかで人見知りもしないそうです。オス犬の一匹や二匹、適当にあしらうだろうと言ってました」

「適当に、なあ」

「犬も人間も、男って大変ですよね」

「男というのは……いや、それはそうと、逆に二匹の仲がうまくいって子供でもできたら、困ると思うが」

「ハナコには不妊手術がしてあるそうです」

「ああ、そう」

「百万円もお金を出して、小松さん、なにを考えてるんでしょうね」

「男というのは……」

男というのは、たしかに大変で、面倒な生き物ではある。自分の倍ほどもあるメス犬には適当にあしらわれ、その飼い主は五十年も一人の女性に憧れつづけて、挙句にはまるで犯罪者のように処遇される。それを簡単に『仕事』と割り切るのだから、女というのは、なんと非情な生き物なのだろう。

「なあ桃世くん、わたしは、酒が飲みたくなってきた」

「二丁目に可笑《おか》しいオカマバーがあります。わたしが奢《おご》りますよ」

「ふーん、オカマバーで、わたしが君に酒を奢られるわけか。嬉しいのか悲しいのか、よく分からんなあ」

木野塚氏がネクタイを弛めたときには、もう桃世が立ちあがっていて、持っていたハンチングを、ぽーんと木野塚氏の膝に放ってよこした。桃世と酒を飲んでも哀愁は漂わないだろうが、秘伝の毛生え薬が効いてくるまでは、このへんが妥協のしどころ。少なくともこのまま家へ帰って、意地悪で口やかましい夫人と悲惨な夕食をとるより、いくらかは健康にいい。いつの日かさらさらのストレートヘア美人と恋を語り合うために、酒をたしなむ練習もしておく必要がある。

ハードボイルドも結構大変だなと、深く吐息をもらしながら、額に浮いてきた汗を木野塚氏は、そっとハンカチでぬぐいとった。

路地裏を音の高いバイクが走り抜け、小さな窓から新宿の夜の匂いが悪趣味に流れ込んでくる。木野塚氏は椅子を立って、大きく背伸びをし、壁に飾ってある高峰和子の写真に、軽く手をふった。この事務所に本物の哀愁が漂ってくるまで、まだまだ、そうとうな覚悟が要求される。

よし、最後まで頑張り抜いてやるぞと、気楽な桃世の顔を眺めながら、入れ歯の奥歯を、ぐっと木野塚氏は嚙みしめた。

菊花刺殺事件

気候はいい。世間も不景気という以外は、至極《しごく》平穏。しかし木野塚氏は、パソコンのキーボードをたたく梅谷桃世の手元を、なんとなく鬱屈《うっくつ》した気分で眺めていた。

ハワイ帰りの桃世は憎らしいほど日に焼けている。短髪で胸がうすくて手足が長くて、そうでなくとも女性ホルモンが足りないのだ。加えてこの日焼けというのだから、甥《おい》か息子だと紹介しても知らない人間なら信じてしまう。探偵秘書兼助手としての桃世に、木野塚氏も仕事上の不満があるわけではない。たまにはまぐれで推理を的中させることもあるし、一応は女だから、女性の心理に通じている部分もある。なぜかワープロの腕もよくて捜査のメモを渡せば、今日のように適切な報告書も作成する。

だから木野塚氏の今の鬱屈は、桃世の日焼けや、うすい胸のせいではなかった。そんなことにはこの四ヵ月で免疫ができている。気分が落ち込んでいる理由は、桃世が作成している報告書の内容にあった。桃世のハワイ旅行中、木野塚氏はある婦人から亭主の浮気調査を依頼された。結果は予想したとおり、亭主は婦人以外の人間と関係をもっていた。だがその相手は男で、亭主はいわゆる、ホモセクシュアルだったのだ。十年以上も結婚生活をつづけ、子供もつくり、挙句のはてに、亭主は男と浮気をしていた。報告を受ける依頼者も大変だろうが、調査をした側だっていい気分ではなかった。六十を過ぎた今、人間というのは奥の深い生き物だと、つくづく木野塚氏は思う。奥が深くて、複雑で、しかも悲しい生き物だ。こんな報告書を受けとり、五十万円もの調査料金を請求される依頼者は、他人ごとながらなんと悲しい生き物なのだろう。

電話が鳴り、桃世がパソコンから顔をあげたが、受話器は木野塚氏がとりあげた。相手は証券会社のセールスマンではなく、なんとあの高峰和子だった。昔木野塚氏が憧れた銀幕の女王であり、私立探偵木野塚佐平としての、初仕事の依頼者でもあった。

「や、や、や、これは、ご無沙汰しております」と、椅子から十センチほど飛びあがり、掌《てのひら》に噴き出した汗をズボンにこすりつけて、木野塚氏が言った。「金魚は、その後、お健《すこ》やかにお過ごしでしょうかな」

「お陰様で元気にしておりますわ」と、微笑んだ雰囲気を受話器から送り、貫禄のある落ち着いた声で、高峰和子が答えた。「所長様もお変わりございませんこと?」

「相変わらずですなあ。毎日殺人事件や誘拐事件の捜査に、あくせく追われております」

「お忙しいですわねえ。そのお忙しいのは承知で、ひとつ頼まれていただけないかしら。わたくしの知り合いで困ってる方がおりますのよ」

「なんとまあ。高峰さんのご紹介なら、CIAの仕事でも蹴飛ばしますよ」

「実はね。親しくしている方で、陶芸家の先生がいらっしゃいますの。その方が盆栽のことでお困りらしいのよ。わたくし、盆栽には、疎《うと》いんですけれど……」

金魚の次は盆栽と、高峰和子は、いつも奇妙な事件ばかり持ち込んでくる。他の人間なら腹も立つところだが、高峰和子の依頼ということであれば、木野塚氏はもう、スペースシャトルにだって乗り込める。

「優秀な探偵さんを紹介すると言ったら、その方も喜んでくださってね。お話は直接、あちらで伺ってくださるかしら」

「もちろんですとも。北海道でも九州でも、どこへでも飛んでいきます」

「お宅は谷中《やなか》ですから、それほど遠くはありませんわ。今、住所を申しあげますから、メモをとっていただけます?」

木野塚氏は立ったまま、用紙とボールペンをひき寄せ、送話口に、低く返事をした。高峰和子が氏名、住所、電話番号を言い、それを書きとって、木野塚氏は大きく深呼吸をした。

「如何《いかが》かしら。今日にでもまわってくださるかしら」

「偶然ですなあ。保険金詐欺事件で、ちょうど谷中に出向く予定だったのです。や、もちろん、ご依頼の件を最優先にはいたします」

「お願いしますわね。以前わたくしが陶芸を習った先生ですの。立派な方ですわ」

「誠心誠意、迅速果断、必ずや、お役にたってご覧にいれます」

「あちらにはわたくしから電話を入れておきますわ。それでは所長様、おついでがございましたら、宅のほうにもお寄りくださいまし」

高峰和子が電話を切り、木野塚氏は声の余韻に陶酔しながら、受話器を持ったまま、壁のポートレートに向かって最敬礼をした。仕事においてはハードボイルドを心がけているくせに、相手が高峰和子では、つい自分を忘れてしまう。若いときに憧れたスターというのは、何歳《いくつ》になってもスターでありつづけるのだ。

「今の電話、学園祭の女王でしょう」

最敬礼から身を起こし、受話器を戻したとき桃世と目が合って、あらためて木野塚氏は冷汗をかき直した。桃世はしらけた目でデスクに頬杖をついているから、今の仕儀をじゅうぶんに観察していたのだろう。

「ああ、桃世くん……」と、椅子に座り、額の汗をハンカチでぬぐって、木野塚氏が言った。「大スターの高峰和子が、ぜひともと、依頼してきたのだ」

「分かってますよ。また金魚ですか」

「なあ君、警官生活三十七年、警視総監賞受賞の木野塚佐平だ。いつもいつも、金魚や犬などを扱うかね」

「それならなんですか」

「盆栽だそうだ」

「へーえ、盆栽ですか」

「よくは分からんが、高峰さんのお知り合いが、困っておられるらしいのだよ」

「うちの事務所、まともな仕事が来ませんねえ」

「や、わたしだって……」

木野塚氏だってなにも、金魚や犬やホモの不倫を扱いたくて、探偵事務所を開いたわけではないのだ。目標はあくまでも、リュウ・アーチャーやフィリップ・マーロウ。殺人事件を解決し、政治の腐敗を追及して、マスコミにも颯爽《さっそう》と登場する。テレビの美人キャスターと恋に落ち、夫人とは離婚して、事務所にはストレートヘアの肉感的なギャルをはべらせる。目標も理想もけっして放棄はしていない。しかし現実は、夫人の愚痴やへらず口ばかりたたく秘書や、オカマ街の張り込みや不倫主婦の尾行なのだ。こういう現実に耐えることも人生勉強。我慢こそがハードボイルドの原点。忍耐の先には必ずや光明があり、いつか人生が大きく爆発し、金も女も名誉も地位も、すべてが完備した、極楽浄土のような生活が待っているのだ。

「と、まあ、そういうことで、わたしは出かけてくるよ」

「そういうことって、どういうことです?」

「つまり、だから、この相川良作《あいかわりようさく》という依頼人に会ってくるんだ」

「相川良作ねえ」と、デスクの向こう側から木野塚氏のメモをのぞき込み、ため息をつくように、桃世が言った。「その場所だと、お寺の多い辺りですね」

「谷中に寺が多いことぐらい、わたしだって知ってるさ」

「五分待ってください。報告書をプリントアウトしたら一緒に行きます」

「君に来てくれとは、頼んでないぞ」

「もう三時です。どうせお客は来ませんよ。谷中まで一緒に行って、わたしは帰りにこの報告書を届けます。所長一人では頼りないですからね」

プリンターに用紙をセットし、眉間《みけん》に皺《しわ》をよせて、桃世が生まじめな顔でうなずいた。言いぐさは気にくわないが、そういえば谷中なんか、行ったことはないのだ。それに『優秀な私立探偵』ともなれば助手の一人ぐらい連れていって、悪かろうはずはない。木野塚氏は打ち出されてくる報告書の文字を眺め、皮のむけかけた桃世の鼻の頭を眺め、複雑な気分で、ぺたりと額をたたいた。

時間はもう三時を過ぎていて、どうせ客は来ないという桃世の発言に、残念ながら、木野塚氏もまったく同意見だった。

*

寺が多いとは聞いていたが、団子坂下《だんござかした》から反対側の坂をのぼっていくと、道の両側は、なるほど寺が団地のように密集した地区になる。塀を接してもう次の寺があり、金色の観音像が垣間《かいま》見えたり、コンクリートの尖塔が威丈高にそびえていたりする。寺もこれほど多いと、どうもありがたみは感じない。

坂をのぼりきり、路地を二、三分歩いて木野塚氏と桃世は、どちらからともなく顔を見合わせた。〈相川〉の表札が出ている家は、古い木戸ふうの門構えで、そこから板塀が路地の向こうまで見渡すかぎりつづいていたのだ。門も塀も傾いたり崩れたり、手入れはされていないものの、とにかくこの広さは、尋常ではない。

インタホンで案内を請い、なかに入って、また木野塚氏は絶句した。門から建物までは天然石の踏み石が敷いてあるが、あとは一面、鬱蒼《うっそう》とした藪《やぶ》と林なのだ。欅《けやき》や杉や椿が渾然《こんぜん》と枝を広げ、柚子《ゆず》の大木が黄色い実をつけていたり、錦木《にしきぎ》や満天星《どうだんつつじ》が紅葉を始めていたり、東京のまんなかでこんな風景に出合うとは、思ってもいなかった。

五十年配の女が途中まで二人を出迎え、雑木林を抜けて、そのまま建物の南側正面に案内した。敷地のわりには質素な木造建築で、縁側の端には作務衣《さむえ》にウールの半纏《はんてん》を着た、銀髪の男が腰をおろしていた。歳《とし》は木野塚氏より五つ六つ上だろうか。年寄りとか老人とか呼ぶには、少しだけ若い感じだった。

「お待ちしておりましたよ。お忙しいところをご苦労さまですな」

相川良作がゆっくりと腰を浮かせ、奇妙なほど落ち着いたまなざしで、穏やかに挨拶をした。

「しかし、なんとも……」と、名刺をさし出しながら、困惑を隠すのも忘れて、木野塚氏が言った。「ご立派なお住まいですなあ。昔懐かしき武蔵野《むさしの》のたたずまいだ」

「手が入らんので荒れ放題ですよ。で、そちらのお嬢さんは?」

「梅谷桃世と申しまして、わたしの助手を務めております。色の黒さはご心配いりません。念のために、変装させておるのです」

「梅谷さんと仰有《おつしや》ると、もしや世田谷の、梅谷一族では?」

桃世が悪びれもせず、にっこりと笑い、目を見開いて、小さく会釈をした。

「奇遇ですなあ。梅谷憲介《けんすけ》さんは、あなたの何にあたります?」

「叔父です。父の弟になります」

「やあ、なるほど、そうするとあなたは公一《こういち》さんのお嬢さんか。これは奇遇だ。ま、どうぞおかけください」

思わぬ成り行きで、どうも面白くなかったが、すすめられるまま、木野塚氏は桃世と縁側に腰をおろした。桃世が世田谷の梅谷一族なら、木野塚氏だって杉並の木野塚一族なのだ。問題はそんな一族など、だれも知らないということなのだが。

出迎えた女が廊下から茶を持ってきて、黙って奥へ消えていった。雰囲気からは相川良作の夫人ではなく、賄《まかない》か家政婦のようだった。

「ええっと、ではさっそく、本題に入らせてもらいますかな」と、雑木林の庭を見まわしながら、茶をひとすすりして、木野塚氏が言った。「高峰さんのお話では、盆栽でなにかお困りとか」

西日に目を細めるように、相川良作が庭に視線を向け、作務衣の懐からタバコとライターをとり出した。

「正確には、盆栽ではないのですよ。菊の盆栽作りというやつでしてね。その方面に興味はおありですか」

「や、奇遇ですなあ。わたしの趣味もナスやトマトの、プランター作りです」

「そういうこととは少し、違うでしょうがね」

タバコに火をつけ、煙を長く吐いて、憂鬱そうに、相川良作が口を歪《ゆが》めた。

「菊は大輪、中輪、小輪と分かれましてね。それぞれに好事家《こうずか》が丹精を競っているわけです。わたしの得意は小輪の盆栽作りでして、今年こそはと期待していたのです。法輪寺《ほうりんじ》の菊花品評会に出品すれば、間違いなく総理大臣賞がとれたでしょう」

林のなかでなにか動き、一瞬、木野塚氏はそちらに気をとられた。目に入ったのは半ズボンに黄色い帽子をかぶった、五、六歳の男の子だった。大きな双眼鏡を胸の前に構え、欅の根元にしゃがみ込んで、静かに空を見あげている。子供の趣味としては渋すぎる気もするが、これが今流行の、バードウォッチングというやつなのだろう。

「なにかの理由で、菊を品評会に出せなくなった、ということですか」と、視線を戻し、湯呑を掌でもてあそびながら、木野塚氏が言った。

「一年間の丹精が無駄になってしまった。だれが、なんのために、あんなことを仕出かしたのか。盗難にあったのならまだ気は休まる。どこかの家で花は咲かせるでしょうし、時間と人手をかければ探し出すこともできる。しかし、あの状況は、あまりにも無惨だった」

温和な相川良作の目尻に、不似合いな殺気が浮かび、渡ってきた風と一緒に、ふと雑木林に消えていった。

「見当はつきますがな。具体的にお話し願えますか」

「三日前のことです。朝起きて、水をやろうと庭におりたところ、咲きはじめた菊の花がすべて切りとられていたのです。花は、無惨にも、一面に散っておりました」

「鉢は屋外に？」

「開花調整のために、今の時期は外へ出しておきます」

「犬や猫が荒らしたとは考えられませんかな」

「その光景を見たとたん、人間の仕業《しわざ》だと思いましたね。花は毟《むし》ったものではなく、刃物で切られた感じだった」

「警察へは？」

「すぐに届けて、派出所から一人警官がやって来ましたがね。碌《ろく》に調べもしないし、その後の連絡もありませんよ。わたしも当てにはしていません」

こういう事件で警察が当てにならないことぐらい、相川良作よりも、木野塚氏のほうがよく知っている。犯罪としては器物損壊罪で、飼い猫殺しや看板破壊と同程度のものだ。報告書を作成し、警邏《けいら》の途中で、一応付近に注意を払う。犯人が捕まるとしたら、それは別件の容疑者がなにかの都合で犯行を自供したときぐらいだろう。

「お話は分かりました。細かい部分はのちほど伺うとして、とりあえず切られた菊を拝見しましょうかな」

相川良作がうなずき、腰をあげて、下駄を鳴らしながら庭を歩きはじめた。木野塚氏と桃世があとにつづき、書斎のような角部屋をまわって、建物の西側に出た。そこも全面の雑木林で、一角に薪を積んだ掛け小屋が見え、その横には長さ十メートルほどの朽ちかけた登り窯《がま》が建っていた。

菊の花台が並んでいるのは、その手前の、仕事部屋らしい東屋《あずまや》の前だった。紅、白、黄、それにその中間色の菊鉢が、まるで雛壇《ひなだん》に盛装した七五三の子供のように、無邪気な華やかさを競っている。展覧会で見かける大輪もあり、柳のように枝をたらした中輪も、そして盆栽風に枝先を鉢の位置よりもさげた小輪も並んでいる。他に花物は見受けないから、相川良作の趣味はこの菊栽培だけらしい。

「やあ、実に、みごとなものです」と、本心から感嘆し、花に見とれながら長い息を吐いて、木野塚氏が言った。「わたしが審査員なら、どの花にも総理大臣賞をさしあげる」

「素人《しろうと》目にはそう見えるでしょうがね。専門的に見ると、色、姿、葉の形、茎丈のバランスなど、どれももうひと息ですよ」

「そんなものですかなあ。なにごとも、奥は深いものですなあ」

相川良作が腰をかがめ、花台の二段めにあった平鉢を、少し手前に動かして見せた。他の鉢は生き生きと花を咲かせているのに、その鉢だけ葉と茎を残して、ほとんど丸坊主になっている。これだけの花のなかからその鉢を選んだとしたら、なるほど、犬猫の仕業ではない。

「その年の天候、肥料や水加減、すべての条件が微妙に作用しますのでね、来年も同じ花が咲く保証はないのですよ。それに花も意思や記憶を持っておりますから、今年受けた仕打ちは、生涯忘れないでしょう」

「たかが菊とはいえ、犯人も無惨なことをしたものだ。ちなみにお訊きしますが、お値段はいかほどでしょうな」

「売ることなど考えておりません」

「しかしですなあ、犯人を捕まえた場合、民事的には補償請求の対象になるのです」

「金の問題ではない。お分かりいただけませんか。菊というのは毎年咲くものです。今年の花は仕方ないとして、来年また同じことをくり返したくない。そのために、名探偵をお願いしたのです」

返事をしかけ、言葉を吞み込んで、背中を駆け抜けた決まりの悪さに、木野塚氏はぎこちなく肩をそびやかした。他人から率直に名探偵などと言われたのは、開業以来初めての出来事。高峰和子も『立派な方』と保証したし、偉そうな陶芸家でもあることだし、さすが芸術家は人を見る目があるものだと、木野塚氏はいたく感心した。

物置ほどもあるガラスの温室をのぞき込んでいた桃世が、首を横にふりながら、ぶらりと戻ってきた。

「いけませんね。指紋も足形もとれません」

なにを言い出すかと思ったら、テレビの刑事ドラマで見たような、幼稚な感想ではないか。付近は見た目にも、きれいに掃き清めてある。一昨日は雨も降った。もし指紋や足形の採取が可能だったとしても、木野塚探偵事務所のどこに、それらの分析能力があるのだ。

「相川さん、最近だれかに恨まれていましたか」と、日に焼けた額に皺を浮かべ、丸い目を見開いて、桃世が言った。

「桃世くん、突然そういうことを伺うのは、失礼ではないかね」

「お気になさるな。探偵さんとしてはもっともな質問だ」

相川良作が照れたように笑い、二人を元の方向に促《うなが》しながら、下駄の底でタバコを踏みつぶした。小娘のこういう無礼に動じないところも、どうしてなかなか、人物ができている。

「わたしも六十五年生きていますので……」と、元の縁側に戻り、バードウォッチングをしている子供のほうに目を細めて、相川良作が言った。「どこかで、だれかには、恨まれているかも知れませんね」

「ほほう。というと、心当たりでも？」

「そういうことではありませんよ。心当たりはありません。ただ一般的に、自分では気づかないところで、人間はだれかに恨まれながら生きているものです。完璧な人間など、この世にはおりませんからね」

視界の遠くをジーンズをはいた若い女が横切り、雑木林を子供のそばまで歩いて、なにやら話をはじめた。白いブラウスに水色のカーディガン、肩までの髪をうしろに束ねた、背の高い女だった。

「この事件、意外に難しいですねえ」と、縁側に浅く尻をのせ、庭から相川良作の顔に視線をまわして、桃世が言った。「菊が切られた前の夜、変わったことがありましたか」

「警官にも言ったが、そういうことは思い当たらない」

「戸締まりはどうです」

「建物は雨戸を閉めて鍵もかけるがね。庭となるとどんなもんだか。塀にも穴があいているし、門だってその気になれば、だれでものり越えられる」

「これまでに、似たような出来事は？」

「一切なかった」

「今年の菊が素晴らしいことは、だれが知っていましたか」

「だれでも知っていたよ。嬉しくなってわたしが言い触らした」

「菊の愛好家では？　とくに同じ品評会に出品する人で」

相川良作が軽く咳払いをし、銀髪をなでつけながら、また懐からタバコとライターをとり出した。助手にしては的を射た質問だが、桃世が出しゃばらなくても、木野塚氏だって、最後にはちゃんとそのことを訊こうと思っていたのだ。

「しかしねえ、梅谷さん」と、下駄を静かに鳴らし、ゆっくりとタバコに火をつけて、相川良作が言った。「そこまでは、ちょっと、考えすぎでしょう」

「や、や、お言葉ですがな」と、二人の間にわり込み、強く首をふって、木野塚氏が言った。「可能性を検討するのがわたくしどもの仕事です。助手の意見ではあっても、一応考慮しようではありませんか」

「たしかに、調査をお願いしたのは、わたしのほうではあるが」

「いわゆる形式というやつですよ。捜査には専門の手順もあるわけです」

「団子坂の近くに、『さくら煎餅』という老舗《しにせ》の煎餅屋がありましてね。そこのご隠居が下谷《したや》愛菊会の会長です。その方はなん度か、菊を見に足を運ばれた」

「さくら煎餅の、下谷愛菊会の……ねえ」

「無駄だとは思いますがね。花を愛する人間に悪人はおりません」

「承知しておりますとも。これはあくまでも、形式というやつです」

なにか鼻を鳴らした桃世に、余裕の流し目を送り、心のなかで、木野塚氏はにんまりと微笑んだ。花好きに悪人はいないなどという理屈が、プロの探偵に、どうして通用するものか。花好きにも動物好きにも、馬鹿や悪人はいくらでもいる。蘭の新種争いで裁判沙汰もあるし、花見の現場では毎年殺人事件まで起こるのだ。

雑木林にいた女が、子供の手をひいて歩き出し、縁側から二十メートルほどのところで、だれにともなく頭をさげた。癖のない素直な丸顔で、目には他人の気持ちをなごませる清楚《せいそ》な恥じらいが漂っていた。遠目にはもっと若く見えたが、歳は三十を超えている。

「いつもお邪魔をして、申しわけございません」

思わず返事をしそうになったが、女が話しかけたのは、木野塚氏ではなく、もちろん相川良作のほうだった。

「幸太《こうた》くん、今日はどんな鳥が見えたね」と、目尻に深い皺を刻み、長くタバコの煙を吹いて、相川良作が言った。

「オナガとツグミ、ジョウビタキも来た」

「よく知っていて、偉いもんだ」

「お仕事の邪魔をするようでしたら、叱ってやってくださいね」

「とんでもない。いつもおとなしくて感心しますよ。遠慮など無用なことです」

廊下の奥から最初の婦人が茶をとりかえに来て、それを合図のように、若い女は目礼だけで場を離れていった。

木戸の方向に女と子供が姿を消してから、湯呑をとりあげ、自分の迂闊《うかつ》さに、ほいと木野塚氏は膝を叩いた。

「や、当然、お孫さんかと思っていた」

「近所のお嬢さんですよ。子供が鳥好きでよく庭にまぎれ込むのです」

「相川さんのお孫さんは？」

「みな遠方でしてね。娘は二人とも片づきました。一人は札幌、もう一人はカナダ」

「お寂しいですなあ。これだけお屋敷が広いと、なおさら無人を感じるでしょう」

「季節の変化と鳥獣草木の自然を楽しみ、下手な丼を焼いて暮らす。老境というのも、これでなかなか充実したものです」

そんなものかな、とは思うが、なにせ相手は芸術家だ。市井《しせい》の木野塚氏とは人生も、人生の目的も違うのだろう。木野塚氏なんか六十を過ぎたって、性懲りもなくまだ美人キャスターとの恋愛を夢想している。

「では所長、わたしは先にひきあげます」と、唐突に立ちあがり、茶封筒を大きくジャケットの前に構えて、桃世が言った。「報告書を届けてから帰ります。明日の朝、事務所で会いましょうね」

相川良作にぴょこりと頭をさげ、木野塚氏のほうには不気味な含み笑いを送って、桃世が屈託なく歩き出した。桃世なんか帰ったところで困りはしないが、今の目つきは、どうも気にかかる。助手の分際で桃世には所長の先回りを狙う癖があって、それがいつも木野塚氏には気にくわないのだ。

「活発で可愛らしいお嬢さんだ」

「なんですかなあ。パチンコ屋の都合で、偶然に雇うことになりました」

「ほーう、またそれは？」

「や、こちらの話です。ということで、今日のところは、わたしもひきあげるとしますかな。今回の事件は一週間もあれば解決するでしょう。この木野塚佐平、捜査一筋三十七年。警視総監賞も受賞しております。大船にのったつもりで、安心してお任せください」


相川良作の見送りを断り、木野塚氏が庭を一周して木戸を出たときには、もう五時になっていた。秋の日は釣瓶落《つるべお》とし、とはいうものの、桃世にはつるべのなんたるかも分からんだろうなあ、とか一人ごとを言いながら、木野塚氏はぽつねんと千駄木《せんだぎ》への道を歩いていた。『事件は一週間で解決する』と大見得を切ったからには、もちろん胸に勝算はある。素人には複雑怪奇と見えようとも、プロの立場からは単純な事件なのだ。ちょいと推理を働かせれば、犯人像なんか簡単に浮かびあがる。遺恨であっても、嫉妬であっても、犯人はあの菊鉢を選んで損傷を加えたのだ。小輪の盆栽作りが品評会で優勝することを知っていた人間、そのことを面白くないと感じ、実力阻止を企んだ人間。下谷愛菊会とやらを中心に聞き込みをつづければ、遅かれ早かれ、犯人は顔を見せる。ゲートボールの恨みで相手を殺すように、年寄りの執念というのは、意外なほど恐ろしいものなのだ。

それにしても侮れないのは、帰り際に見せた桃世の含み笑いだ。世田谷の梅谷一族だかなんだか、いずれにしても身内に相川良作との知り合いがいるらしい。急いで帰ったのは、そのあたりから情報を集めるつもりに違いない。桃世と張り合っても仕方ないが、向こうがその気ならこっちだって、奥の手を使ってやる。生涯内勤だったとはいえ、だてに三十七年も警視庁勤めはしていない。『警察友の会』というOB会の会員でもあるし、探偵を商売とするからには、表からでも裏からでも、入る情報は貪欲《どんよく》に入手する。交番というところには受け持ち住民の職業、思想、資産状況から宗教信条まで、一般人が思う以上の資料がそろっているのだ。そして建て前は極秘でも、現役の警官や警視庁OBであれば、それらの資料は菓子折り一つで、いくらでも閲覧できる。

木野塚氏が『さくら煎餅』で三千円の箱詰めを買ったのは、店の隠居から愛菊会の活動状況を聞き出した、そのあとのことだった。

＊

「あの相川という人、四十までは通産省のお役人だったそうですよ。躰《からだ》を悪くして退職したということです」

「ほほう、通産省のねえ」

「資源調整課の課長をやってたらしいですね」

「エリート官僚だったようには、見えんがなあ」

「焼き物を始めたのは退職してからで、技術的には美濃焼《みのやき》系の独学です。焼き物って実体のない世界ですから、伝統主義者からは疎まれています」

「短い時間でよく調べたもんだ」

「家はもともとの地主ですね。奥さんは十五年前に心臓病で亡くなっています。下のお嬢さんがお嫁にいってからは、家政婦さんと二人暮らしだそうです」

桃世がどこからその情報を仕入れたのか、聞かなくても分かっている。探偵としての技術如何《いかん》何よりも、ただ身内に知り合いがいた、というだけのことではないか。偶然も能力の内とはいうものの、木野塚氏が仕入れた情報のほうにはちゃんとした探偵の技術と、三千円の経費がかかっているのだ。

「蛇足ではあるが、わたしも調べてみたよ」と、デスクにボールペンを転がし、ひとつ咳払いをして、木野塚氏が言った。「敷地の広さはほぼ一ヘクタール。三千坪として資産価値は百二十億円というところかね。ただし売れば税金で持っていかれるから、本人にその気はないということだ。近所づき合いは頻繁ではなく、それでも変人ということはないらしい。家は浄土真宗。本人は無宗教。家政婦は野村恭子《のむらきょうこ》といって、歳は四十九。出身は新潟。相川夫人の死後、知り合いの紹介であの家に住み込むようになった。離婚歴があるらしいが、どういう事情かまでは、まだ分かっていない」

啞然《あぜん》と口を開けている桃世の顔に、じゅうぶん満足し、こぼれそうになる笑いを堪《こら》えて、木野塚氏がつづけた。

「そういうことよりもだ、問題は下谷愛菊会のほうだよ。ただの親睦団体なんだが、これがどうして、菊作りに関しては自分こそ日本一、と公言するような連中ばかりらしい。そのなかでも二人、どうも気になる人間がおるんだ」

桃世が鼻をうごめかせ、感服したのか呆《あき》れたのか、丸い目を、ぐるりと天井にまわした。

「一人は下村辰吉《しもむらたつきち》という不動産屋。もう一人は山辺貴輝《やまべたかき》というタバコ屋の倅《せがれ》だ。とくに山辺のほうは三十を過ぎても職に就《つ》かず、嫁ももらわず人づき合いもせず、菊作りにだけ異常な執念を燃やしているという。夜中に忍び込んで、花を切り散らかすなどというのは、こういう人間のすることだよ」

タバコでも吸えればここで一服つけるところだが、六十年も無煙で過ごした木野塚氏の体質は、そう簡単に変わらない。ハードボイルドに生きると決めた以上、多少の無理をしてでも、タバコぐらい吸ってみるべきなのに。

「どうしたね、桃世くん。出る幕がなくて物足りないのかね」

「さすが所長、あれからそんなことまで調べたんですか」

「迅速果断。猪突猛進。人生、事において後悔せずだ。わたしのすることに抜かりはないよ」

「その二人のうちの、どちらかが犯人だと？」

「順当なところではないかね。これは狭い世界の、いわゆるオタク的な犯罪だ」

「そうですかねえ。わたしにはあの女の人が気になるけど」

「あの女の人って」

「幸太という子供のお母さん」

「あの女性は、しかし……」

「ただの勘ですよ、今のところは」

「桃世くん、いくらなんでも……」

いくらなんでも、あの美人で清楚で物静かな若い母親が、花を荒らすなんて、そんなことをするものか。女の勘だか嫉妬だか、根拠もないくせに、桃世は突然なにを言い出すのだ。

「わたしは聞き込みに出ますけど、所長、留守番でもしてますか」と、身軽に椅子から腰をあげ、額の前髪をかるくゆすって、桃世が言った。

「馬鹿なことを言いたまえ。なぜわたしが留守番をせにゃならん」

「成分分析研究所に花鋏《はなばさみ》の検査を依頼しておきました」

「ああ、そう」

「その報告が来るんですよ。指紋が出たらラッキーですけど、そこまでは期待していません」

「言ってることが分からんな。花鋏とはなんのことだね」

「相川さんの温室にあった花鋏。ちょっと借りてきました。検査料は六万五千円だそうです」

「桃世くんなあ、分かるように説明してくれんかね」

「そのうち分かります。正午《ひる》までには連絡が来るはずです。それまでゆっくり、お茶でも飲んでいてください」

桃世が白い歯を見せて、愛想よく片目をつぶり、皮のむけた鼻の頭を大きくうなずかせた。誇大妄想か分裂症か。躁鬱病《そううつびょう》だとしたら、今はたぶん、躁の領域なのだろう。

桃世がジャケットを摑んで事務所を出ていき、木野塚氏は呆気《あっけ》にとられて、所長用の回転椅子を三百六十度、ぎーっとまわしてやった。あの若い母親の顔が浮かび、菊の花台が浮かび、温室の風景が頭に浮かんだが、花鋏だの指紋だの、いくら考えても分からなかった。

木野塚氏のほうは三千円の煎餅で済ませたというのに、花鋏の検査に六万五千円もかけて、桃世はいったい、なにを考えているのだ。

＊

大名時計博物館《だいみようどけい》に朝倉彫塑館《あさくらちようそかん》。歩きまわってみると、谷中には意外な掘り出し物がある。全生庵《ぜんしようあん》という寺には山岡鉄舟《やまおかてつしゆう》の墓もあるし、日暮里《にっぽり》まで歩けば徳川慶喜《とくがわよしのぶ》の墓もある。六十年も東京に住んでいて、木野塚氏はこれまで、下町とはまるで無縁に生きてきた。子供のころは荻窪から銀座へ出るのに『東京に行く』という言い方をしたものだ。戦後もその感覚は変わらず、銀座にも浅草《あさくさ》にも、気持ちのどこかで線をひいて暮らしてきた。警視庁のある桜田門《さくらだもん》と銀座なんて、目と鼻の先なのに、木野塚氏はぎんぶらすら経験していなかった。意を決して私立探偵への道を選ばなかったなら、谷中はおろか、新宿にも出ない生活をつづけていた。私立探偵への変身は、発想の大転換であり、木野塚氏にとっては人生の大改革でもあったのだ。

『聞き込み』とやらに飛び出したまま、どこへ行ってしまったのか、桃世は丸一日、顔を見せていなかった。成分分析研究所からの連絡は『遺伝子に同様の形質が確認される』というもので、聞いただけでは、さっぱり分からない。なにもかも釈然としないいまま、それでも木野塚氏は寡黙に任務を遂行した。事件をみごと解決し、高峰和子に報告する日が来るまで、愚痴なんか言ってる暇はない。

最初に調査した不動産屋の下村辰吉は、なんとも人相の悪い男だった。攻撃的で、神経症的な声を出し、普通の会話にも他人を罵倒《ばとう》する響きがあった。煎餅屋の隠居によると、愛菊会でも態度は変わらず、他人の作品にはどんな絶品であろうとも、常に酷評と罵《ののし》りで対応する。品評会で優勝するためには、審査員に賄賂《わいろ》までおくる男だという。木野塚氏は下村辰吉こそ犯人であってほしいと願ったが、育てている菊を調べた結果、容疑は限りなく薄いものとなった。下村の専門は大輪で、中輪や小輪には目もくれなかったのだ。

こうなったらもう、犯人はタバコ屋の倅の、山辺貴輝しかいない。陰気で人づき合いも悪く、仕事もせずに家でぶらぶらしている。両親からはなじられてるらしいし、道で顔を合わせると、近所の子供まで避けて通るという。

不忍《しのばず》通りから谷中への路地を歩きながら、これまでに集めた情報を、木野塚氏は漠然《ばくぜん》と頭の中で整理していた。犯行は相川良作の小輪菊を故意に狙ったもの。菊に保険をかけていたならいざ知らず、良作が自分で菊を切ったとは考えにくい。まるで雑木林だとはいえ、あれだけの屋敷ではないか。金目のものだってあるだろうし、なんといっても良作は陶芸家でもある。良作個人への恨みや悪意なら、犯行はその陶芸作品に及ぶに違いない。今度の事件は菊そのものに動機があり、犯人は下谷愛菊会のメンバーを中心にした、良作周辺の人間としか考えられないのだ。

クルマも通れないような路地を右に左に曲がり、目印として教えられていた八百屋を通りすぎると、そこに突如、板塀を押しつぶすほどの菊タワーが出現した。山辺貴輝が変質的な菊愛好家だとは聞いていたが、その異様さは木野塚氏の想像を、はるかに超えたものだった。

執念というのは恐ろしいものだなと、狭い裏庭全面にそびえ立つ菊の櫓《やぐら》を見あげながら、木野塚氏はある種、畏敬にも似た思いにおちいった。腰の高さまでは敷地を板で囲ってあるものの、そこから上は細い木の櫓が二階の屋根まで組みあげられている。幅五メートル、高さもせいぜい四、五メートル。しかし組まれた櫓からは縦横に棚板と針金がぶらさがり、家全体を菊人形に見立てているのではないかと思うほど、無数の菊鉢が飾られていた。花も赤白黄色と満《まん》艦飾《かんしょく》、種類の好みも雑多なようで、相川良作の整然とした花台を見知っている木野塚氏の目には、やはり度を超した悪趣味としか思えなかった。山辺貴輝が菊栽培に執着するのは本人の勝手、この菊櫓だって谷中の路地の風物として、見方によっては趣がある。しかし近所の子供も寄りつかず、まして他人の菊に危害を加える人間ということであれば、話は違う。奇妙なものに常識以上の執着をみせる人間の心理が、木野塚氏には、生まれつき理解できないのだ。

憮然《ぶぜん》と腕を組んだ木野塚氏の視界に、突然黒いジャンパーを着た大男があらわれ、菊鉢のつまれた狭い庭から、じっと木野塚氏を睨みつけてきた。歳は三十そこそこ、土気色の顔に短い髪を逆立て、ワイシャツの襟からはボタンがかけられないほど首の肉がはみ出している。とっさに木野塚氏が大男と思ったのは、その頭と顔が異様に大きかったからで、落ち着いてみると背丈自体は木野塚氏と同じ程度だった。歳恰好や変人的な雰囲気から、この男が問題の山辺貴輝らしい。

「なるほど。よく分からんが、みごとな菊ですなあ」と、男の視線にたじろぎながら、それでも一歩菊櫓に近寄って、木野塚氏が言った。「おたくが有名な、山辺さんですか」

男が横に広がった肉厚の鼻で、ふんと息をつき、木野塚氏を無視してまた菊のなかにかがみ込んだ。手には刃の長い花鋏がにぎられていて、頼まれても、木野塚氏はそれ以上近寄る気にはならなかった。

「目標はやはり、法輪寺の品評会ですかな」

返事はなく、男の使う鋏の音が、不気味に木野塚氏の神経を苛《さいな》んできた。変装や盗聴までは業務の範囲に入れているものの、格闘となると、丁重に遠慮するものと決めていた。和風のハードボイルドに暴力は必要なく、まして手に刃物を持った男など、だれが相手にするものか。

「菊作りも大変ですなあ。葉の色艶、花と茎のバランスなど、奥が深いものです」

やはり返事はなく、木野塚氏はひとつ咳払いをしてから、角度を変えて男の向こうをのぞき込んだ。

「ここまでやったら総理大臣賞は欲しい。や、おたくの気持ちも、分からんではない」

男がおもむろに立ちあがり、満艦飾の花のなかから、大きすぎるほどの顔で、じりっと距離をつめてきた。木野塚氏が退かなかったのは、度胸のせいではなく、たんに足がすくんだからだった。

「俺じゃねえ」

「はあ?」

「あんた、私立探偵だろう」

「捜査生活三十七年、警視総監賞も受賞した……」

「分かってらあ。さくら煎餅の爺《じい》さんから聞いたよ。だけども俺じゃねえ。相川さんちの菊なんか、俺の知ったことじゃねえ」

山辺貴輝が土気色の顔で顎をしゃくり、細い目を異様に光らせてから、肩をゆすって、熊が巣穴にもぐるように音もなく家の陰に消えていった。木野塚氏は言葉もなく、茫然《ぼうぜん》と菊櫓の前に立ちすくんでいたが、いくら待っても、もう山辺貴輝は姿を見せなかった。

その陰気な声といい、変質的な目の光といい、犯人は山辺貴輝に間違いないと、木野塚氏は深く確信を持った。


しばらく付近の路地を徘徊《はいかい》し、それから木野塚氏が向かったのは、歩いて十分ほどの距離にある相川良作の屋敷だった。

もう犯人の見当はついたのだ。足でこつこつと情報を集め、刃物を持った容疑者を追いつめて、そしてみごと、推理を論理的な結論にみちびいた。残る問題はただ一つ。山辺貴輝が『恐れ入りました』と木野塚氏の足元に崩れ落ちるだけの、動かぬ証拠というやつだ。とにかく山辺はあれだけの体格で、動作も敏捷というには程遠い。相川良作の屋敷に忍び込んだとしたら、どこかに痕跡が残っているに違いない。塀の破れ目に髪の毛か衣類の繊維は付着していないか、雑木林のなかにボタンや足跡は残っていないか。時間をかけて、そのあたりを徹底的に調べあげるのだ。

インタホンで来意を告げ、案内は断り、屋敷内に入って、さっそく木野塚氏は証拠探しにとりかかった。昨日も感嘆した庭ではあったが、一ヘクタールの雑木林というのは、半端な広さではない。山へ行けば山があって、田舎へ行けば田や畑がある。しかしここは東京のどまんなかなのだ。寺社の境内を除けば、近所の住宅もみな五十坪前後の敷地しかない。個人がこれだけの土地を占有していいのか。先祖が地主だったというだけで、子孫も地主になっていいのか。とはいいながら、自分も荻窪の土地を親から受けついだ身分であることを思い出して、なんとなく木野塚氏は複雑な気分だった。受けつぐなら土地と家だけでよかった。夫人との結婚だけは、親のすすめとはいえ、どう考えても失敗だった。

頭のなかに勝手な想念が飛び交ってはいたものの、それでも木野塚氏の目は、屋敷内の地面を丹念に調べまわっていた。もちろん犯行から一週間もたっているから、足跡の発見までは無理かも知れない。しかし塀をのり越えたり垣根の破れ目から忍び込んだりすれば、セーターの毛や衣服の切れ端など、物証が残されている可能性はある。桃世が得意とする勘や根拠のない推理より、捜査の基本は、あくまでも地道な証拠固めなのだ。忍耐と体力と信念。ハードボイルドという華麗な日常の奥には、他人にはうかがい知れない、初歩的な努力が肝要なのだ。

背後の藪が動き、一瞬ぎくりとして、たっぷり枯葉の積もっている雑木林の小道に、思わず木野塚氏は立ちどまった。犬か猫か大鼠か。これだけの敷地であるからには、東京のまんなかとはいえ、狸《たぬき》でも棲み着いているか。

ふり返り、板塀の手前を注視していると、待つまでもなく黄色い帽子がするりと笹藪を抜けてきた。例のバードウォッチングの男の子で、木野塚氏に注意を払う様子もなく、一目散に椎《しい》や欅の林に駆け出していった。

つづけてまた笹藪に気配がし、いぶかしく思いながらも、木野塚氏は立ったままじっと板塀の割れ目を見守った。狸ならかなりの大物だったが、四つん這《ば》いで顔をあらわしたのは昨日から音沙汰のなかった、桃世だった。

「桃世くん、君は……」

「あら所長。こんなところで、なにをしてるんです?」

「わたしは、つまり……」

「子供って大変ですね。一日つき合うと疲れます。思っていたより、わたしも歳なのかなあ」

＊

場所は団子坂交差点ちかくにある『珈琲倶楽部』という喫茶店。一階は狭いカウンターにテーブルが二つだけ。螺旋状《らせんじよう》の階段をのぼると少し広くなり、古い煉瓦《れんが》の壁にあいた窓からは不忍通りを行く渋滞したクルマの流れが見渡せる。木野塚氏が必死の形相でタバコを吹かし、桃世がとぼけた目でコーヒーをすすり、野村恭子は無表情に、冷静な目で黙然とクルマの流れを見つめている。隅の席では年金暮らしらしい夫婦づれが、三人に注意を向ける様子もなく、穏やかにコーヒーを飲んでいる。

「花鋏の指紋は拭かれていました。それぐらい気がつきますよね」と、肩をすくめて息をつき、諦めたように瞬《まばた》きをして、桃世が言った。「でも最近は技術が進んで、紙や布からも指紋はとれます。木の葉や草花からもとれるそうです」

中年の家政婦は眉を動かさず、顎をかすかに上向けただけで、呼吸のリズムも変えなかった。目には薄くアイラインが入り、地味な色ながら唇には紅をさしている。特徴のないのが特徴のような顔で、庶民という区分の仕方が、悲しいほど似合う女だった。

「残念ですね。切られた菊の葉から野村さんの指紋が出ました。このことは相川さんに報告します」

野村恭子の口元が瞬間皺を深くし、それから唇が弛《ゆる》んで、さし歯の入った前歯がゆっくりとこぼれ出た。笑ったわけではなく、口を弛めると歯ぐきが露出する、そういう顔立ちらしかった。

「そんなことで、一人の人間を犯人にしてしまうの」と、目を伏せたまま、テーブルのコーヒーカップに言い聞かせるように、野村恭子が言った。

「裁判をするわけではありません」と、左手で右の二の腕を抱え、鼻の先をつき出して、桃世が答えた。「わたしたちは探偵です。判明した事実を依頼者に報告するだけです」

「十五年も、わたしが一人で、先生のお世話をしてきたのよ」

「野村さんの気持ちは分かります」

「そうかしらね」

「仕事は、いつかは、辞める日が来ます」

「わたしの人生を狂わせておいて、言うことはそれだけなの」

桃世がゆっくりと顎をひき、ジーンズの足を組みかえて、珍しく、怒ったように額の前髪をふり払った。

「野村さんの人生を狂わせたのは、わたしでも所長でも、三谷《みたに》玲子《れいこ》さんでもありません。狂わせたのは野村さんご自身です」

家政婦の肩が前に動き、目が大きくつりあがって、息に生ぐさい殺気のようなものが混じり込んだ。野村恭子は十秒ほど桃世の顔を睨みつづけ、それから言葉を呑んで、あとは当然のことのように、表情を平凡な、特徴のない、ただの庶民の顔に戻していった。

冷汗をかいたのは桃世でも野村恭子でもなく、傍観していたはずの、木野塚氏だった。

不意に野村恭子が席を立ち、買い物かごを手にとって、あとはそのまま黙って階段をおりていった。木野塚氏は慌ててタバコに火をつけてみたが、喉《のど》が痙攣《けいれん》して、ただ煙にむせただけだった。

「桃世くん……」と、ついにタバコを放棄し、ぎこちなく水のコップに手をのばして、木野塚氏が言った。「コーヒーのおかわりでも、どうかね」

「そうですね。モカのストレートをもらいましょうか」

「や、や、奇遇だなあ。わたしもちょうど、モカのストレートが飲みたいと思っていたよ」

木野塚氏が階段の下に声をかけ、桃世の向かい側に席を移して、ついでに額の汗をそっと拭きとった。意外な結末ではあったが、本人が認めた以上、菊を荒らしたのはどうやら野村恭子らしかった。

「科学の進歩とは恐ろしいものだ」と、ハンカチを折りたたみ、無意識にネクタイを弛めて、木野塚氏が言った。「菊の葉から指紋がとれるなんて、思ってもいなかった」

「そうですか」

「科学捜査は、わたしは、苦手だった」

「そんなところから指紋がとれれば、警察も苦労しませんよ」

「しかし……」

「ハッタリです。呼び出されてここへ来たことで、野村さんは罪を認めたんです」

桃世がにんまりと口を笑わせ、鼻の頭をこすりながら、気楽に顎をつき出した。木野塚氏は思わず気が抜け、腹が立つやら可笑《おか》しいやら、非常に困った気分だった。

「最初は幸太という子供を疑いました」と、新しいコーヒーが来てから、それを口に運び、長い腕をソファの背もたれにまわして、桃世が言った。「所長も今度の事件、そう思ったでしょう」

「ええと、なにかね」

「花を切り散らすようなこと。ああいうことは女子供のすることです。現場を見て、そのことが閃《ひらめ》きました」

「いやあ、わたしの勘も同様だったよ。菊栽培オタクというのは、つまりは子供のようなもんだからな」

「幸太くんには動機があるのか。たぶんあるだろうと思いました。これも勘ですけど……」

なんのことはない、桃世の推理の基本は、やはりすべてが勘なのだ。最初は幸太を疑い、それが巡って野村恭子にたどり着いただけのことだ。偶然に犯人をわり出した推理なんかに、プロの木野塚氏が恐れ入る必要は、一切ない。

「所長が相川さんに、幸太くんのことを『孫か』と訊きましたね。あのとき相川さんは母親のほう、つまり三谷玲子さんについての返事をしました。おかしいと思いませんでしたか」

「覚えておらんなあ」

「相川さんは三谷さんのことを『近所のお嬢さん』と言ったんです。三谷さんは酒屋の娘さんで、離婚して実家に出戻っています。近所のお嬢さんではありますけど、子供を連れた母親にそういう言い方はしないものです。相川さんと三谷さんが特別な関係にあるのか。あるいは相川さんのほうにだけ、そういう感情があるのか……調べるのが大変でした」

たかが女の勘とはいえ、よくもまあ、そんなことを思いつくものだ。相川良作は木野塚氏より五つも上の、六十五歳ではないか。一方三谷玲子は子持ちとはいえ、まだ三十そこそこだろう。愛があれば歳の差なんて、とはいうものの、三十以上の開きは少しばかり、無理がありすぎる。

「で、調べた結果は、どうなのかね」と、内心激しく否定しながら、それでもつい興味を持って、木野塚氏が訊いた。

「できてはいませんね。現実にはなにも、そういうことは起こっていません」

「まあ、当然では、あるだろうな」

「でもわたし、あの二人はできると思いますよ」

「それは君の勘だけだろう」

「勘以上の実感です。歳の差がありますから素直にはすすまないだろうけど、あの二人の気持ちは間違いなく、その方向に向かっています」

「間違いなく、その方向に……ねえ」

どうせただの勘だと思いながら、その勘が桃世の勘であるところが、どうも木野塚氏には気にくわない。相川良作の風貌を思い出し、三谷玲子の清楚な美しさを思い出して、木野塚氏はぜったい、羨《うらや》ましかった。資産か陶芸家の肩書きか男やもめという状況か。すべてに少しずつ見劣りするかも知れないが、年齢をいったら、木野塚氏のほうが五歳も若いのだ。

「考え方は正しかったと思います。男の子というのは母親の新しい恋人に嫉妬を感じるものです。だから夜中に家を抜け出して、にっくき相川さんの菊を目茶苦茶にした。でもねえ、幸太くんは相川さんに懐《なつ》いています」

百二十億円もの資産があれば、神だって仏だって地獄の鬼だって懐いてしまう。そうは思うものの、それを言ったら木野塚氏の負け惜しみになる。三谷玲子という女性は相川良作の資産に惚れたのではないだろうし、だからこそ子供も懐いたのだ。羨ましくはあるが、ここはク－

ルに我慢して、木野塚氏としても困難なその恋の行方に、率直な喝采《かっさい》を贈るべきだろう。

「桃世くん。成分分析研究所から言ってきた、遺伝子の同類性とかいうのは、どういうことかね」と、気をとり直し、新しいコーヒーに口をつけて、木野塚氏が言った。

「ああ、あれですか」と、満足そうに口の端を歪め、長い足をテーブルの下に投げ出して、桃世が答えた。「外部犯行か内部犯行かの確認です。鋏の刃に残っていた植物細胞と切られた菊の葉を比較してみました。同じ遺伝子が確認されたということは、菊があの花鋏で切られたことになります」

「ふーむ」

「外の人間が夜中に忍び込むとしたら、凶器ぐらい用意します。温室の花鋏を使ったということは、犯人は内部の人間です。相川さん以外で内部の人間は野村さんしかいません。動機は、もう分かってますよね」

「十五年も、か」

「自分は家政婦だし、怒りのやり場所が、なかったのかも知れません」

「言われてみれば、彼女の気持ちも、理解はできる」

「相川さんと三谷さんの気持ちは、女の勘で分かったんでしょうね」

「女の勘なあ。げに恐ろしきは……」

コーヒーをすすり、どうにも切ない気分になって、ふと木野塚氏はタバコに手をのばした。人間が酒を飲んだりタバコを吸ったりするのは、いつもどこかに、この切なさを抱えているせいなのだろう。

「女に勘で分かることが、男にはなぜ分からんのだろうなあ」

「不思議ですよね。相川さんほどの人が切られた菊を見て、本当に気がつかなかったのか……」

桃世の目に生意気な光がよみがえり、呑気《のんき》な非難が視線にのって、まっすぐ木野塚氏の顔に伝わってきた。不意に木野塚氏は納得し、その秘密を、やはり視線にのせて桃世の顔に送り返した。木野塚氏の価値観からいっても、桃世の考えは、たぶん正しいのだろう。相川良作は菊を散らした人間にも、その動機にも気づいていた。探偵を雇い、騒ぎを大きくすることによって野村恭子に、自主的な退職を促そうとした。少しばかりロマンチックすぎる解釈ではあるが、男の側にだってそれぐらいの花を、持たせてやっていい。

「桃世くん、居酒屋にでも寄って、一杯やろうかね」と、タバコの箱をテーブルの遠くへ放り、凝っている右肩をとんとんとたたいて、木野塚氏が言った。

「いいですねえ。根津《ねづ》まで歩くと、『はん亭』という串揚げ屋があります」

「串揚げ屋、か。君と会ってからわたしも、ずいぶん世間が広くなったよ」

相川良作と三谷玲子の年齢差は、三十以上。木野塚氏と桃世だって理屈では同じことだ。ただ違うのは、木野塚氏が資産家でもなく独身でもなく、桃世のほうにほんの少し、女性ホルモンが足りないことだった。

人生とは奥が深いものだ。奥が深くて面倒で辛いものだなと、伝票をつまみながら、頭のなかで木野塚氏は一人ごとを言った。

木野塚氏初恋の想い出に慟哭する

1

電気ゴタツに新聞を広げながら、木野塚氏はぼんやりと庭のピラカンサを眺めていた。赤松のとなりに椿も花を開きはじめ、松の枝を伝わって黒褐色のツグミが枝木を往復する。ツグミの目当てはピラカンサの赤い実のようで、小豆粒ほどの実をついばんでは松の枝で忙《せわ》しなく咀《そ》嚼《しゃく》する。荻窪の駅から距離があるせいか、冬になると木野塚氏の庭にはヒヨドリやメジロもやって来る。アパートとマンションにとり囲まれたこんな狭い庭でも、鳥たちにとっては結構な餌場であるらしい。

今年はホウレン草を忘れたなと、欠伸《あくび》をかみ殺しながら、頬杖をついて木野塚氏は一人ごとを言った。ナスやトマトのプランター栽培はもちろん、秋になると発泡スチロールの箱にホウレン草の種をまいたものだ。秋まきのホウレン草は年を越して発芽し、春には若芽がのびて香りの高いサラダになる。素人《しろうと》のホウレン草栽培には高度なテクニックが必要で、それが木野塚氏の自慢でもあった。新宿に事務所を開いて以来、野菜にも庭にも手を抜く日がつづいている。私立探偵とご隠居さん趣味との間には、木野塚氏が思っていたより、どうやら哲学的な乖離《かいり》があるらしい。

木野塚氏はコタツを出て、縁側に面したガラス戸をあけ、朝の穏やかな冷気のなかに庭下駄でおりていった。満天星《どうだんつつじ》や錦木《にしきぎ》は冬枝をのばし、木々の間には柿の枯葉がつもっている。まだ眠りこけている夫人の顔を思い出しながら、ふんと木野塚氏はため息をつく。いくら庭の始末が木野塚氏の仕事といっても、除草や枯葉の始末ぐらい、手を貸してもいいではないか。夫人は毎朝九時まで惰眠をむさぼり、夜の十時には傲然《ごうぜん》と寝屋にひきあげる。それ自体に文句はないし、木野塚氏も敢えて合わせたい顔ではない。しかしそれなら、夫人はなんの権利があって木野塚氏の家に住み、本人名義で養老保険までかけているのだ。掃除もせず、ろくな料理もつくらず、なんの権利があって意味のないカルチャースクール通いをしているのだ。

考えるのも腹立たしいが、夫人との結婚は完璧な失敗だった。朝飯は木野塚氏が自分でトーストを焼き、靴磨きからゴミ出しまで、すべて木野塚氏の仕事と決められている。勇気と節度さえあれば、あんな女とは結婚しなかった。勇気があれば『週刊金魚新聞』の高村女史と不倫をして、夫人とは離婚して女優の高峰和子に結婚を申し込む。そして勇気さえあれば、梅谷桃世のほかに、もう一人ストレートヘアのグラマーギャルを秘書に雇うこともできるのだ。

ふと桃世の顎の尖《とが》った生意気な顔を思い出して、薄くなった頭髪に、木野塚氏は憂鬱に掌《て》をすべらせた。桃世が電話をしてきたのは、三日前の昼だった。風邪をひいて、高熱が出て、しばらく事務所に出られないという。しばらく、というのがいつまでなのか、なんとなく木野塚氏は不安になった。あと一週間でクリスマスになり、それからまた一週間で正月になる。まさかそこまで長びきはしないだろうが、脂肪のうすい桃世の体力では、気管支炎から肺炎になって、肺結核から肺癌にすすまないともかぎらない。でしゃばりで生意気でとぼけた性格ではあっても、そんなことで病気のほうは、手加減なんかしてくれない。

朝日に向かって背伸びをしたとき、縁側に黒い影が動き、おっと木野塚氏は息を呑んだ。ガラス戸を閉め忘れていて、背後に忍び寄った影に気づかなかったのだ。這《は》い出してきたのは夫人が飼いはじめた黒猫。『ベビー』と呼ばれるその仔猫は縁側をとびおり、木野塚氏の足元を二メートルほど、塀に向かって小癪《こしやく》な突進をした。木野塚氏は慌てて想念を遮断し、及び腰で猫の上にかがみ込んだ。

猫が身をひるがえしたのと同時に、下駄がすべったのは、木野塚氏の年齢と運動神経の欠如が原因だった。躰《からだ》が宙に舞い、肘と肩が庭にたたきつけられ、頬を枯葉の感触が襲って、一瞬視界に土の壁が立ち塞がる。腕の痛みに茫然《ぼうぜん》とし、理不尽な怒りに恐縮し、それでも不思議なことに、木野塚氏の右手にはしっかりと猫の尻尾が摑まれていた。

抵抗する猫を腹這いのまま腕のなかにひき寄せ、体勢を起こして、居間に放り込む。それからガラス戸を閉め、下駄をはき直しながら、木野塚氏は荒い息で縁側に座り込んだ。猫が外に出たがるのは仕方ないとして、朝飯もやらず、夫人はいつまで朝寝を決め込んでいるのだ。低血圧で頭痛もちで骨粗鬆症《こつそしようしよう》だというなら、最初から猫なんか飼わなければいい。家事もろくにこなせない人間が、どうして猫を飼う資格があるのか。自分が猫を飼うのに相応《ふさわ》しい顔か、相応しい性格か、なぜ夫人は反省をしないのだろう。肘の土を払い、胸の枯葉をむしりとって、憮然《ぶぜん》と木野塚氏は欠伸をした。

木野塚氏だってべつに、猫や犬が嫌いなわけではない。好きということもないが、子供の時分にはポチという雑種の犬を飼ったこともある。夜店で買ったヒヨコや兎を育てたこともある。しかしそれは終戦直後のことで、荻窪一帯に雑木林や畑が広がっていたころの話だ。犬を鎖でつなぐ必要もなく、猫だって放っておけば、鼠でも雀でも土竜《もぐら》でも、どこかでちゃんと食事を済ませてきた。喧嘩をして傷つこうとも、迷子になろうとも、そういう自由を尊重することが動物への愛情ではないか。いくら住宅環境が変わったとはいえ、夫人は『ベビー』を家に閉じ込め、缶詰のキャットフードしか与えず、専用トイレを持ち込んで外の世界からの隔絶を強要する。『ベビー』にはハバナブラウンとかいう種類の血統書がついていて、そのへんの雑種とは品が違うのだという。木野塚氏には見当もつかないが、品だの格だの血統だの、そんなもの、いちいち猫が自覚しているものか。ハバナブラウンだろうがシベリアホワイトだろうが、猫は猫。雄は雌を追いかけたいし、残飯あさりもしたいし、夜中には近所の空地で猫集会だって開きたいのだ。

猫が一声喉《のど》を鳴らして、居間の奥に人の気配がし、毛糸のマフラーを巻いた夫人がキルティングのガウンで姿をあらわした。赤茶色に染めた髪は阿修羅《あしゅら》のように逆立ち、目元と口のまわりには地割れのような皺《しわ》が浮いている。夫人にも若いころはあったはずだ、と自問しながらも、その若いころの顔が、木野塚氏には、どうしても思い出せなかった。

「あら。あなた、まだお出かけになりませんの」

出かけようと出かけまいと、そんなことは大きなお世話だ。危急の仕事が待っているわけでもなし、夫人に説明しても仕方ないが、こんな朝っぱらから、浮気の調査を依頼してくる客はいないのだ。探偵事務所を開設して以来半年、統計的に、仕事の依頼は午後の二時から四時に集中していた。朝起きて、たっぷり迷って、それからやっと依頼主は電話に手をのばす。家出人探しでも浮気調査でも、プロの探偵に自分の人生を委ねるには、それなりの覚悟が必要なのだろう。

「寒くて空気が乾いて、煩《わずら》わしいこと」と、コタツに丸くうずくまり、あかんべえをするように目脂《めやに》をこすって、夫人が言った。「どうも今日は、神経痛が出そうな気がしますよ」

木野塚氏は縁側から居間に戻り、右の肘をさすりながら、顔をそむけて、夫人の向かい側に腰をおろした。猫は座布団の上に鎮座していて、物ほしそうな目で鼻面を動かしている。シャムとなにかのかけ合わせだというが、そのへんの黒猫とどう違うのか、木野塚氏には見当もつかなかった。

「正月も近いことだし、庭の手入れをせんといかんな」と、ぬるくなった煎茶をひとすすりして、木野塚氏が言った。

「いいじゃありませんの。枝を切ってもまたすぐのびるんですから」

「そうもいかんよ。新しい年を迎えるにあたっては、心の準備も必要になる」

「去年も今年も来年も、いつだって同じでしょう。庭の手入れをしたぐらいで、人生が変わるもんですか」

夫人にとってはそうかも知れないが、正月や節句に対しては、人間として礼儀をつくす必要があるのだ。人生が変わらないと思うのは、変える努力をしないからで、努力さえすれば一介の年金生活者から探偵事務所の所長にまで出世できる。酒にも馴染むし、タバコの煙にもむせなくなる。それになにより、夫人と三十年も暮らしてきたこと自体が、木野塚氏にとっては努力以外の何物でもなかったのだ。

「ねえあなた。昨夜のお話、あたくしは不承知ですからね」

「門松ぐらい好きにさせてくれんかね。あんたに金を出せとは言ってない」

「門松のことじゃありませんよ。アパートのお話。不動産屋の言いなりになってたら、そのうち部屋代だって無料《ただ》にされかねませんわ。あたくしたちは慈善事業をしてるんじゃないんですよ」

こんな日が高くなるまで眠って、起きてきたと思ったら、もう金の話か。人生には金以外の生き甲斐もあるという理屈が、どうしてこの女には分からないのだろう。

「そりゃあね、世間にそういう例があることぐらい、あたくしだって知ってますわよ。アパートが余ってるという噂も聞きます。だけど敷金礼金がゼロなんて、どうにも不承知です。一度部屋の格を落としたら、かぎりなく落としつづけることになるんだわ」

となりの敷地にアパートを建てたのは、もう十五年も前だ。ローンも終わって、この五年ほどは純益を提供してくれる。景気の変動は世の常、『敷金礼金ゼロ』というのが時代の風潮なら、それも仕方ないではないか。二ヵ月前にひとつ空いた部屋は、いまだに借り手がつかず、見に来る客もいない。夫人のように目先の礼金に執着していたら、部屋はずっと空いたままになる。これから日本社会を背負っていく健全な若者に、快適な住環境を安価に提供するというのも、アパート経営者としての良心であるはずなのに。

「アパートのことはあんたに任せるが……」と、指先で入れ歯の位置を直し、欠伸をかみ殺して、木野塚氏が言った。「門松はやはり立てさせてもらうよ。探偵事務所を出した、記念の正月なんだから」

「お金ばかりかかって大変ですこと。探偵事務所って、ずいぶん儲かりますのねえ」

「初年度だからな。赤字が出なければいいんだ。業界での地位も確立したし、来年からは大幅な増収が期待できる」

言ってはみたものの、桃世の給料からパソコンの購入費まで、実は呆《あき》れるほどの赤字なのだ。加えて盗聴マイクやら集音装置つきのテープレコーダーやら、必要もない器材まで買いそろえてしまった。金魚新聞への広告もオカマバーの支払いも、まったく、ハードボイルドというのは予想以上に経費がかかる。フィリップ・マーロウやリュウ・アーチャーが金持ちではなかった理由が、木野塚氏にも最近、他人事《ひとごと》ならず納得できるのだった。

「こんな時間か。そろそろ出かけねばならんな」

「分別《ぶんべつ》ゴミは出していただけましたの」

「起きてすぐ出しておいたよ。洗濯物も片づけた」

「いやですわねえ、歳《とし》の暮れって。寒くて慌ただしくて神経痛が痛くて。それでお迎えも近くなるんですから、お正月なんて、どこがおめでたいのかしら」

湯呑をコタツに戻し、庭の陽射しに目をやりながら、よっこらしょと木野塚氏は立ちあがった。平均寿命まで生きてもあと十八年。木野塚氏には夫人のように、神経痛や正月に愚痴を言ってる暇はない。過去の六十年を無為に生きてきたからこそ、夫人との三十年に絶望しているからこそ、残りの人生を華麗に変身させたいのだ。殺人事件に名推理を働かせ、国家的陰謀に立ち向かい、テレビの美人キャスターと浮き名を流して、紅白歌合戦にゲスト審査員として出場する。街を歩けば女子高校生にサインを求められ、酒場のカウンターではあばずれ女に色目をつかわれる。この半年間、希望はひとつも実現しなかったが、来年こそは日の当たる場所にデビューしてみせる。高邁《こうまい》な理想と、その理想に向かって邁進する日々こそ、あっぱれ男の花道なのだ。

「ねえあなた……」と、目脂をこすりながら、鼻水をすすって、夫人が言った。「出かける前にトイレの電球をとりかえてくださいな。それからね、今夜はあたくし、カルチャーのお友達と忘年会がありますの。夕飯は外で済ましてちょうだい。下駄箱の戸はちゃんと閉めて。玄関の戸だってそうですよ。冷蔵庫もトイレも、戸はしっかり閉めてくださいまし。昨日なんかベビーちゃんが下駄箱に入ってしまって、あたくし、半日も探したんですから。それからね……」

神経痛だけでなく、脳溢血か心筋梗塞か、なにかそういう病気が夫人を襲ってくれないものか。大地震でも隕石の落下でも、そういう幸運がみごと夫人を直撃してくれないものか。離婚届け用紙を夫人につきつける場面を空想して、その目くるめく陶酔と恐怖に、木野塚氏はわきの下に、じわりと冷汗をにじませた。

＊

事務所についたのは十時半で、やはり桃世は出勤していなかった。ガスヒーターとテレビをつけ、コートを着たまま、木野塚氏は憮然と椅子に腰をおろした。ふだんなら桃世がコーヒーを出してくれるのに、出てくるのはヒーターの温風と、退屈な欠伸だけ。過去一週間に探偵の仕事は皆無で、歳もおしつまった今日になっては、浮気調査の依頼が来るとも思えない。子供や孫がいれば、木野塚氏だって今ごろ、クリスマスプレゼントやお年玉の金額に、人生をかけて腐心しているはずだった。

部屋が暖まり、コートを脱いでみたものの、木野塚氏の手持ち無沙汰は変わらなかった。事務所の暇さ加減には慣れていても、向かいの席に桃世が座っていないと、なんとなく落ち着かない。これまでに読んだ探偵小説を思い返してみたが、『ハードボイルドな暇のつぶし方』までは、どの本にものっていなかった。小説に出てくる私立探偵は、いつもみんな忙しく仕事をしているのに、それでいてみんな、なぜか貧乏なのだ。

朝刊をすべて読み終わり、昼食にでも出かけようかと思ったとき、電話が鳴って、勇躍、木野塚氏は腕をのばした。証券の勧誘でも間違い電話でも、仕事場には活気がなにより。相手が新興宗教のオルグだったら、神の道を肴《さかな》に十分は無駄話をつづけられる。

「猫を探していただきたいんですの……」

「はあ？」

「猫と申しあげましたのよ」

「なるほど」

「探していただけます？」

「いや。それは、なんとも……」

「お宅様、私立探偵でございましょう？　電話帳の広告には〈調査全般　迅速確実〉と書いてありますわよ」

声からは中年を過ぎた女性で、『猫』も『探す』も理解できたが、いったいどうしてこういう事態におちいるのか、受話器を構えたまま、しばし木野塚氏は考え込んだ。これまでにも犬だの金魚だの、たしかに動物に関する事件は扱っている。しかしそれらはすべて偶然の成り行きで、広告のどこに〈動物全般〉などと書いてあるのだ。〈木野塚探偵事務所〉という厳然たる表記がしてあるのに、世間の連中は、なにをここまで勘違いするのだろう。

「失礼ですがね。当社の業務は人間に限定されておりまして、猫の失踪までは扱いかねるのですよ」

「あら。わたくし、失踪とは申しておりませんわよ。迷子だの家出だの、そんなことで探偵さんをお願いしませんわ」

「そう仰有《おつしや》られても……」

「電話では埒《らち》があきませんわよ。どうなんですの、調べていただけますの。いえね、探偵料がお安くないことは存知ております。猫だから安くしろとは申しません。わたくしにとってプリンスは実の子以上ですの。それをどこの興信所も、猫と聞いただけで門前払いするんですから」

「プリンス、ねえ」

「失礼しちゃいますわ。お宅様で十社めですのよ。わたくしはなにも、無料《ただ》でお願いするとは言っておりませんのに。猫も人間も理屈は同じじゃありませんか。探す手間も同じで、料金も同じだけお払いしますわよ。いかがですの、お宅様でもひき受けていただけませんの」

うーむと唸って、受話器を持ちかえ、一瞬、木野塚氏は激しく思考を交錯させた。声の感じは威圧的だし、顔を合わせたところで、あまり愉快な婦人とも思えない。しかし猫に対する愛情は、どうやら本物らしい。それに一番のポイントは、なんといっても、正規の料金を支払うというその主張だった。電話を受けたのが桃世であったら、今頃はコートを摑んで、もう事務所をとび出している。

「ご用件は分かりました」と、禿《は》げ頭に浮いた汗を指でぬぐい、ひとつ咳払いをして、木野塚氏が言った。「人助けも私立探偵の任務ではありますし、お話だけは、伺いましょうかな」

「お金に糸目はつけません。それだけはお約束いたしますわ」

「お宅、ご住所は」

「世田谷の太子堂《たいしどう》です。駅は地下鉄の三軒茶屋《さんげんぢゃや》をお使いくださいまし」

「三軒茶屋の……いや、じつはこれから、警視庁の刑事局長との会合がありましてなあ。その用事が済んでからですと、伺えるのは四時前後になります。そういうことでご了解願えますか」

「構いませんとも。その時間なら当方も都合がよろしゅうございます。電話番号は三四一二……」

婦人が告げた番号、住所、名前を書きとり、電話を切ってから、にやりと木野塚氏はほくそ笑んだ。猫でもなんでも、この暮れにきて仕事が舞い込むというのは、大したものだ。本来ならスパイ事件か殺人事件でも扱いたいところだが、赤字つづきの台所では文句も言っていられない。動物に関しては過去にも実績があるし、それになんといっても、この一ヵ月は黒猫のベビーとつき合っている。餌をやったり水をとりかえたり、いわば木野塚氏は、猫に関してはプロなのだ。警官生活三十七年。警視総監賞受賞。プロの私立探偵で、しかも猫の実態は熟知している。これだけのキャリアと条件が整っていれば、猫の一匹や二匹、目をつぶっていても探し出せる。桃世が休んでいる間に一仕事済ませて、乾坤一擲《けんこんいってき》、クリスマスプレゼントでも奮発してやるか。ぜったい似合わないとは思うが、桃世にコギャルふうのミニスカートをはかせてやるのも、秘書兼助手に対する、まあ、所長の親心というものだ。

ゆっくりと昼食をとり、昼寝とテレビで時間をつぶしてから、おもむろに木野塚氏は事務所をあとにした。すぐに駆けつけず、依頼者をたっぷり待たせるところなんか、さすが人生の年輪。果報は寝て待て、慌てる乞食は貰いが少ない。因果応報酒池肉林。驚天動地に大政奉還と、なんだか知らないが、とにかくこういう戦略は桃世が出社したら、もう一度最初から教え直してやる。

時間をみて出かけてきたはずなのに、丸ノ内線から半蔵門《はんぞうもん》線への乗り継ぎに手間どり、三軒茶屋についたときには、すっかり四時を過ぎていた。夕暮れが間近に迫り、ビル風が冷たく吹き抜け、たそがれた街路を買い物客がのんびりと行き来する。地理的には山の手だが、風情に下町の気配が残る、親しみやすい雰囲気の街だった。

依頼者である吉川《よしかわ》夫人の家は、茶沢《ちゃざわ》通りから商店街をわき道に入ったマンションの四階にあった。多少古びてはいるものの、化粧タイル張りの瀟洒《しょうしゃ》な建物で、玄関の奥には五階までのエレベータが二基並んでいた。賃貸ならずいぶんな家賃だろうに、郵便受けのデザインや掲示板の表示からは、どうやら分譲マンションのようだった。

出迎えた吉川夫人は、年配のわりに背の高い、枯れ木のような体型をした色黒な婦人だった。量の多い髪は染めたように黒く、首に金のネックレスをのぞかせ、節くれ立った長い指には傲然とダイヤの指輪を光らせていた。セーターにカーディガンに毛糸のハイソックス。たっぷり着込んでいるくせに、部屋には息苦しいほどの暖房がきかせてある。居間は安物の絨毯《じゅうたん》に革張りのソファ。マホガニーの食器棚の上には小さい黒檀《こくたん》の仏壇。奥にも部屋があるらしく、通路に毛の長い白猫と、もう一匹、奇妙に痩《や》せた茶色い猫が顔を見せていた。空気にはかすかに猫臭があって、換気が悪いのか、部屋全体に半透明な湿気が漂っているようだった。

「あら、まあ、そうですの。へーえ、お宅様が探偵さんですの」

木野塚氏にソファをすすめてから、老眼の目で遠く名刺を眺め、欠伸をかみ殺すように、吉川夫人が首をかたむけた。そんな露骨な顔をされなくても、木野塚氏だって自分がハンフリー・ボガートやポール・ニューマンに似ていないことぐらい、いくらでも承知している。私立探偵であっても私立探偵らしくは見えない。そこが木野塚氏のセールスポイントではあるが、反面劣等感を感じている部分でもあった。要は実力、仕事の内容だとは思いながら、世間の無慈悲な目にこれまで、どれほど苦虫を嚙みつぶしてきたことか。

「その、なんですな。うちでも猫を飼っておるのですが……」と、渋茶をひと口すすり、通路の猫に目をやって、木野塚氏が言った。「隙さえあれば外に出ようとする。自由がほしいと思うのは、猫も人間も変わらんということでしょう」

「とんでもございませんわ。そりゃあね、雑種や野良猫ならそういうこともあるでしょうけど、うちの猫ちゃんたちは血統書つきの家猫なんですの。おもてに出たら一分と生きられませんのよ。病気になったりクルマにひかれたり、そうでなくたって、すぐ人間に攫《さら》われてしまいますわ」

「猫好きな方というのは、心配がたえんものです」

「お宅様でお飼いの猫、血統書はついておりますの」

「家内はそう申しておりました、ハバナブラウンとかなんとか……わたしには、ただの黒猫のように見えますが」

「そうですの。ハバナブラウンをお飼いですの。あれもまあ、お好きな方にはよろしゅうございますけどねえ。純粋な血統種となると、どんなものかしら。日本ではそう多くありませんのよ。目は透き通ったグリーン・アイかしら」

「緑のときもあるし、茶のときもあるし」

「それじゃやはり、雑種が入ってるのかも知れませんわねえ。血統書も当てになりませんのよ。キャットクラブには登録してございますの」

「その方面には疎《うと》いんですよ」

「ぜひご確認なさいまし。業者が勝手にクラブの名前をかたったり、ほーんと、そういうことも結構あるわけですから」

話し方も皺も目の表情も、上品なようでもあり、下品のようでもある。歳は木野塚氏と同じ、六十前後というところか。濃い化粧にきれいな入れ歯、金ラメのセーターに毛玉の浮いたハイソックスと、金のあるなしは別にして、すべてにバランスが崩れている印象だった。仏壇にはでっぷり太った男の肖像写真が飾られているから、婦人は寡婦《かふ》ということだろう。直視したわけではないが、吉川夫人の眼鏡の奥に、なにかしら木野塚氏を不安にさせる気配が漂っていた。

「で、奥様。ご依頼は、猫を探せということでしたな」と、怪訝《けげん》な思いをふり払い、軽くネクタイを弛《ゆる》めて、木野塚氏が言った。

「そうなんですのよ。プリンスをぜひとも連れ戻していただきたいの。なんせあの猫は正真のヒマラヤンでございましょう。二年も順番待ちをして、ブリーダーには六十万円も支払いましたのよ」

「猫一匹に、なんと……」

「ヒマラヤンですもの。親猫は二匹ともフランスのキャットショーで最優秀をとりましたの。その仔猫を分けてもらう苦労ったら、そりゃもう、尋常じゃございませんでしたわ」

「ヒマラヤンと言われても、俄《にわか》には、分かりかねますが」

「ほら。あそこに白い猫がおりましょう。あれがペルシャで、いわゆるチンチラという種類ですわ。ヒマラヤンはペルシャにシャム猫を交配させたんですけど、品種の固定がもっとも難しい血統ですの。シャムは、ご存知ですわよね」

「はあ、まあ、なんとなく」

「あのペルシャでさえ二十万円もしますのよ。となりにいるのはコーニッシュレックスという種類で、お値段は三十万円というところかしら」

「ヒマラヤンが一番高いわけですな」

「ヒマラヤンだから高いというわけではございませんわ。猫にはそれぞれに血統がありますの。ペルシャでもヒマラヤンでも、くず猫はいくらでもおりますわよ」

「お話が、ひと息、要領を得ませんが」

「ですからね。電話でも申しあげましたでしょう。いなくなったプリンスを探していただきたいの。昨日部屋に戻ってまいりましたら、プリンスが見当たりませんのよ。呼んでも待っても探しても、影も形もございませんの」

猫が外に出たがるのは当たり前。自由の味をしめれば、帰ってこないのも当たり前だ。まして血統書つきの高価な猫となれば、通りがかった人間がふと連れ去らないともかぎらない。猫が喋るわけでもなし、交番に駆け込むわけでもない。単純な家出ならどうにでも探し出せるが、誘拐となると、当初考えていたほど、簡単な事件ではないかも知れない。それにしても吉川夫人の顔に感じるこの胸騒ぎは、いったい、なにが原因なのだろう。

「ええと、なんですな。今、『昨日部屋に戻ってきたら』と仰有ったんですな」

「そのとおりですわ」

「旅行にでもお出かけで？」

「ただの買い物です。一時ごろ出かけて、三時には帰ってきましたわよ。それまではちゃんと部屋にいたんです」

「家出や迷子ではないということでしたが」

「当然じゃありませんの。プリンスが家出をする理由が、どこにありますのよ。食事だって最高級の缶詰を与えております。美容院から病院まで、そりゃあもう、なにからなにまで最高級なんですから」

「しかし、相手は、猫ということで……」

「猫だからこそ人間を裏切りませんのよ。人間なら主人の恩も忘れて、ぷいと家出することもございましょう。ドアを開けてエレベータに乗ればいいんですものね。ですけど猫がどうやって部屋のドアを開けますの。ベランダには出られますけど、ここは四階ですわよ。鏡台にもとびあがれないプリンスが、ねえ、まさか、ベランダからとびおりるはずもございませんでしょう」

反論しようとして、瞬間、うっと、木野塚氏は言葉を呑んだ。なるほど、言われてみればそのとおりなのだ。平屋や二階家ならいざ知らず、この部屋は五階建てマンションの四階に位置している。人間と同一視はできないにしても、こんな高さから、猫がとびおりられるのか。あとで調べればいいことだが、猫の耐落下距離というのは、どれほどのものなのか。

「お見受けしたところ、ベランダへのガラス戸に、猫の出入り口ができておりますな」

「おトイレをベランダに出してありますのよ。いえね、生前主人が、おシッコの臭気《におい》をいやがりましてねえ。おシモの習慣だけはきびしく躾《しつ》けてございます」

「実にけっこう。いや、ちょいと、ベランダを拝見……」

立ちあがって、木野塚氏は絨毯の上を歩き、自分が捜査のプロであることを印象づけるように、じろりと窓ガラスを睨《ね》めつけた。ベランダ窓の最下部には四辺二十センチほどのくり抜きがあり、それがゴム板でふさがれて、内外の両方向から猫が出入りできる仕組みになっている。なかなかのアイデアで、ふと自分の家の居間を思い出したが、そういえばベビーは、縁側に出ることさえ禁止されていた。

日は沈みきり、マンションも三軒茶屋の繁華街も、もう慌ただしい薄闇に覆われていた。吉川夫人の了解を求め、ガラス戸をあけて、木野塚氏は颯爽《さつそう》とベランダに踏み出した。このパフォーマンスが探偵としての見せ所で、表情や身のこなしの冷徹さに、吉川夫人は間違いなく、木野塚氏の上にハンフリー・ボガートの顔を思い浮かべるのだ。

「ふむ。四階というのは、ずいぶん高いもんですな」

実際の距離がどれほどのものか、木野塚氏は、冷静に判断したわけではなかった。子供のころから今日まで、実を言うと、高いところはみごとなまでに苦手だった。ベランダの鉄柵から下をのぞいただけで、もう足と背中に悪魔のような寒気が走ってくる。自分が猫でも、やはりこんなところからはとびおりないだろうなと、木野塚氏は明快に納得した。ベランダは幅二メートルに長さが二間ほどのコンクリート敷、胸の高さまで黒い鉄柵がはまっている。向かいは道路と民家で、右手側に部屋はなく、左どなりの境にはコンクリートの仕切りが打ってある。手前に砂を張った猫トイレが置かれ、あとはスチールの物干しと、葉の枯れた数個の植木鉢。昼間もう一度検証の必要はあるにしても、この時点では猫が伝われそうな雨樋《あまどい》や非常梯子《ひじょうばしご》は、なにも見当たらない。ベランダから下へおりたのでなく、ドアから出たのでもないとしたら、プリンスとかいう猫は、どこから、どうやって姿を消したのか。

「これはなかなか、面倒な事件になりそうですな」と、部屋に戻り、元のソファに座って、木野塚氏が言った。

「面倒な事件でなければ、探偵さんなんかお願いしませんわよ」と、眉間《みけん》に太い皺を刻んで、吉川夫人が答えた。

「しかしですな、奥さん。その猫が六十万円であったとしても、探偵料のほうが高くつきませんかね。捜査に一週間かかった場合、猫以上の料金になってしまう」

吉川夫人が眉間の皺を深くし、ダイヤの目立つ指を組み合わせながら、ちらっと、木野塚氏の顔を盗み見た。

「電話でも申しあげましたでしょう。相手が猫だからって、お安くしろとは言いませんことよ」

「金の問題ではない、と？」

「プリンスは実の子以上ですもの。自分の子供に、お宅様でも値段はつけませんでしょう」

「や、や、それは、至極《しごく》ごもっとも」

子供をもった経験はなくても、それぐらい、木野塚氏にも常識で理解できる。理解できないのは猫と子供を同一視する感覚で、猫は猫、子供は子供ではないか。吉川夫人だってプリンスという猫を、まさか自分で産んだわけではないだろう。

この事件に対して、解決の自信があるのか、ないのか、突然木野塚氏は迷い出した。猫が自分で外に出たのなら、いつかは自分で帰ってくる。いきずりの他人に攫われたケースでは、まず発見は不可能だ。しかし吉川夫人の言うとおり、留守の間に突如部屋から姿を消したということであれば、まるで話は違ってくる。猫が空を飛ばない以上、何者かが部屋に侵入して誘拐したということだ。これは立派な刑事事件で、そういう理屈を、吉川夫人はどこまで理解しているのか。今ここに桃世がいたら、事件をひき受けるべきか否か、どんな判断をくだすだろう。

「失礼ですが、奥さん……」と、不安と胸騒ぎを呑み込み、ニヒルに流し目を送って、木野塚氏が言った。「このマンションには、一人でお暮らしでしょうか」

「娘は二人とも、とうに嫁いでおりますわ。主人が亡くなってからも五年がたちますの」

「猫の失踪を、交番には？」

「あら、警察が猫を探してくれますかしら」

「それは、まあ、無理でしょうが」

「親戚の子供が家出したときでさえ、警察はなにもしてくれませんでしたわ。最近では空き巣を捕まえたという話も聞きませんわねえ」

　警察が家出や失踪に手をつけないことぐらい、木野塚氏だってよく知っている。一般には宣伝しないが、警察機構の存続目的は、住民サービスではなく体制維持なのだ。

「料金は規定どおりにお支払いしますわ。それでね……」と、座ったままサイドテーブルに手をのばし、引出しから一枚の写真をとり出して、吉川夫人が言った。「ご覧くださいまし。一ヵ月ほど前に撮ったプリンスの写真ですの。性格も良くて気品があって、このブルー・アイの鮮やかさなんか、他の猫の比ではありませんわ」

　写真に写っているのは吉川夫人と、その膝の上の猫。顔や手足の先端に茶系のぼかしが入っていて、丸くて青い目が無心にカメラを見つめている。体型は今部屋にいるペルシャと似ているから、特徴は末端部分の毛色なのだろう。いくら猫が言葉を理解しないからといって、「他の猫の比ではない」とまで言われたら、残っている二匹の猫は、気を悪くしないのか。

「さすが、なかなか、みごとな猫ですなあ」

「でございましょう? おとなしくて甘えん坊で、他の猫ちゃんとも仲良しなんですのよ」

「歳はいくつになりますか」

「生後半年かしら。宅にひきとってからは四ヵ月になります」

「以来一度も、部屋から、出ていない？」

「当然じゃありませんの。クルマやら病原菌やら、外に出たっていいことはございませんわ。お部屋のなかで安全に暮らすことが、猫ちゃんたちには一番の幸せなんです」

閉じ込められて安全に暮らすことが幸せか、傷つきながらも自由に暮らすことが幸せか。思想の問題とはいいながら、やはり猫が気の毒になる。花や野菜と違って猫には歩くための足がある。好奇心を満足させるための知性がある。逼塞《ひっそく》した人生を強いられてきた木野塚氏にとっては、たかが猫の問題とはいえ、他人事とは思えないのだった。

猫の写真を眺めているうちに、不安な予感が、木野塚氏の想念に突如、重苦しくふくらみはじめた。それは猫への同情ではなく、写真のなかで猫を抱いている吉川夫人に対して最初に感じた、あの奇妙な胸騒ぎがよみがえった結果だった。写真の吉川夫人は眉を太く描いた顔を無表情に俯《うつむ》け、黒っぽいカーディガン姿で律儀に膝をそろえている。どこにでもいる初老の婦人で、好みを言わせてもらえば、強いて交際したい相手ではなかった。それでも木野塚氏の記憶のなかに、夫人の色黒な痩せぎすの顔が、切なさに似た困惑を広げてくる。街で若い娘に感じる忸怩《じくじ》たる思いとも、女優やモデルに感じる漠然《ばくぜん》とした憧れとも違う、切なくて、甘美で、あの懐かしい、赤面をともなった羞恥《しゅうち》の感情。

「どうかいたしましたの。お仕事はひき受けていただけるんでしょうね」

「は、いや、それは、もちろん」

「一日も早く探してくださいまし。プリンスがどこでなにをしているのか、考えただけでも、そりゃもう、気が狂いそうになりますわ」

「その……」

「なんでございましょう」

「や、明日にでも、正式に契約書を持って伺いますが……」

まさかとは思うが、まさかと思ったことが現実になることなんて、いくらでもある。まさかと思っていた私立探偵にもなってしまったし、女優の高峰和子にだって、ちゃんと会ってしまったではないか。

「奥さん。その、お生まれは、どちらなんでしょうか」

「杉並の善福寺東町ですけれど、それがなにか？」

「なんといいますか、べつに、理由はないんですがね。吉川というのは、当然、結婚後のご姓でしょうな」

「実家の姓は沢口《さわぐち》と申します。キノヅカ様だったかしら。以前お会いしたことでも？」

「めっそうもない。探偵というのは、なかんずく、好奇心の強い生き物でして……その、まあ、今日はこんな時間でもあることだし、仕事は明日からということにいたしましょうか」

額の汗をハンカチでぬぐい、吉川夫人の顔を気弱に見やってから、ほっと、木野塚氏は短いため息をついた。頭のなかにはまだ耳鳴りが響いていて、混乱やら無常観やら、焦りやら腹立たしさやら、あらゆる感情が渦巻いている。生まれが杉並の善福寺で、旧姓が沢口ということなら、この吉川夫人は、四十五年前に木野塚氏が恋をした、あの沢口加津子《かづこ》なのだ。まさかと思うことが、長い人生のなかでは、こんなふうに、呆気《あつけ》なく姿をあらわす。

「お邪魔をしましたな。では、すべては、明日からということで……」

立ちあがり、写真とコートを同時に摑んで、深く、木野塚氏は会釈をした。吉川夫人も腰をあげ、よく光る入れ歯で、慇懃《いんぎん》に微笑んだ。若葉も時がたてば枯葉になる。きれいな花もいつかは生ゴミになる。清楚《せいそ》で淑《しと》やかで匂うように美しかった沢口加津子も、時間がたったというだけで、これほどまでのバアさんになってしまう。この現実に、六十男として、ハードボイルドの私立探偵として、どう立ち向かうのか。臭《くさ》いものには蓋をし、汚いものには目をつぶる。そんな当たり前の選択肢が、私立探偵となった今、もう木野塚氏には許されないのか。ハードボイルドとはなんと辛いものかと、開業以来初めて、木野塚氏は人生の無常を嚙みしめたのだった。

＊

学制が六・三・三制にあらたまってしばらくのちのこと。木野塚氏は入学した新制高等学校で、美しい少女に恋をした。目もと涼しく背が高く、セーラー服におさげ髪。革の鞄《かばん》を小わきに抱え、黒いローファー踏み鳴らす。子供時代を戦後の混乱で空費したせいか、その少女の美しさは、目から鱗《うろこ》が落ちるほどの衝撃だった。学級が異なり、家の方向も違い、高校時代の三年間、言葉を交わすことはできなかった。たとえなにかの偶然があったところで、気が弱くて自信のない木野塚氏が意思表示をすることなど、まず不可能だったろう。木野塚氏はひたすら憧れつづけ、男友達を介して彼女の名前を知り、学校帰りにあとをつけて、家が善福寺東町であることをつきとめた。家業は裕福な米屋。兄弟は兄と妹が一人ずつ。子供のころからピアノを習い、高校では文芸部に籍を置いている。唯一の欠点は二番目の前歯が欠けていることで、それでさえ木野塚氏にとっては沢口加津子の愛らしさを印象づける、神がくだされたチャームポイントのように思われた。

「四十五年か……」と、茶沢通りを世田谷通りとの交差点に歩きながら、ビル風に背中を丸めて、一人木野塚氏は呟いた。

沢口加津子だった吉川夫人が木野塚氏を覚えていないことは、無念ながら、事実だろう。高校時代でさえ木野塚氏のことなんか、まるで知らなかったに違いない。無口で目立たなくて気が弱くて、クラブ活動も友達づき合いもしなかった。たとえ吉川夫人が同級生であったとしても、木野塚佐平などという名前は、金輪際記憶にないに決まっている。うっかりすると自分がどんな少年であったのか、本人の木野塚氏でさえ、俄には思い出せないほどだった。

その昔に恋い焦がれた女性を目の前にして、一般にはどんな感情が湧きあがるものなのか。興奮、羞恥、混乱、歓喜。そんなものが混沌として、存在を甘酸っぱい諦念《ていねん》へといざなってくれる。しかし木野塚氏の場合は、時間の残酷さに対する、言い様のない怒りだった。言葉も交わせなかった、青春を賭けて憧れた美少女が、あんなにも無残なバアさんになってしまった。青春の思い出とは、これほどまでに無意味なものなのか。フィリップ・マーロウやリュウ・アーチャーだったら、こういうジレンマに、どういう結着をつけるのだろう。

ふーむ。ここは一発、タバコを吸うべきだなと、木野塚氏は突如決心した。場末ではあるが繁華街の交差点。クルマのライトは流れるように尾をひき、木野塚氏は足の長い女たちが風を切って闊歩する。自分は私立探偵に相応しくコートの襟を立て、しかも心には過激なまでの傷を負っている。風に吹かれながらタバコに火をつけ、哀愁を漂わせて茫然と街角にたたずむのだ。その姿の、その情景の、なんと美しいことか。タバコはハイライトやセブンスターでなく、当然ヨウモクでなくてはいけない。なぜなら傷心の私立探偵は、決してハイライトなんか吸わないものなのだ。

木野塚氏は決意してタバコ屋の店先に歩き、マルボロライトと、百円の使い捨てライターを買い求めた。それから封を切って歩道に立ちどまり、背中で風を防いで、なん度もなん度も、しつこく着火をこころみた。しかし風は無情にも炎を吹き飛ばし、ぴたりとスタイルを決めようと思っていた木野塚氏に、いらぬ混乱をもたらした。私立探偵にはやはりジッポーのオイルライターが必需品なのかと、その理屈を、改めて木野塚氏は納得した。

やっと火がつき、風と煙と排気ガスに顔をしかめながら、しばらく、木野塚氏は交差点にたたずんでいた。煙を吸い込むとむせてしまうので、もちろん恰好だけの空吹かしだ。そんなことは他人に分からないし、必要なのは私立探偵が風に吹かれながらニヒルにヨウモクを吸っているという、その情景なのだ。探偵小説で、アメリカのハードボイルド映画で、これまで、どれぐらいそんなシーンに感動したことか。

タバコが短くなって、慌てて指で弾き、そのときタバコの飛んだ前方に、木野塚氏は奇妙なゲートを発見した。地下鉄の駅でもなく、バスのロータリーでもない。いわば都電の終着駅のようなものだった。こんなところに都電が走っていたのかといぶかったが、考えてみればここは三軒茶屋。タマデンとかいう私鉄電車が走っているのではなかったか。いつか桃世が話していた。タマデンは三軒茶屋と下高井戸《しもたかいど》の間を結んでいて、自分はその電車を利用するのだと。なるほど、これがタマデンかと感心しながら、ついでに木野塚氏は、桃世の家が近いことにも思い当たってしまった。これまで電話をしたことはなく、もちろん家を訪ねたこともなかった。それでも木野塚氏の探偵手帳には、桃世の住所が世田谷区世田谷二丁目と、ちゃんと書き込んである。今木野塚氏は三軒茶屋の駅前に立っており、そして世田谷二丁目は、つい目と鼻の距離だった。

桃世の容体はどんなものか。肺炎をこじらして、明日をも知れぬ命になっていないか。親や兄弟はちゃんと看病してくれるのか。風邪薬はあるのか。食事はできているのか。考えはじめると懸念《けねん》ばかりが広がって、どうにも木野塚氏は落ち着かなくなった。たった一人の所員であり、秘書兼助手であり、開業以来の相棒なのだ。その相棒が親にも見放され、食事もできず、病の床で生死の境をさまよっている。電話では気丈な声を出していたものの、桃世はいつだって気丈で、いつだって生意気なのだ。こんな近くまで来ていて、ボスが部下の容体を見舞わないのはハードボイルド道にもとる行為ではないか。一見クールに見え、表情はシニカルで背中にはそこはかとなく哀愁を漂わす。しかしその実、心の底には他人に対する深い愛情を内包している。それがハードボイルドであり、それこそが、私立探偵木野塚佐平なのだ。

木野塚氏は交差点をほんの少し戻り、ケーキ屋で五個のショートケーキを買って、内心浮きうきしながら、勇躍タマデンに乗り込んだ。吉川夫人や人生に対する無念さと、部下のためにケーキを買う慈愛が同居してるところなんか、まさに探偵小説のようではないか。桃世の枕元に立ち、ぞんざいにケーキの箱を放って、照れた微笑みを浮かべながら『おまえさんなんかいないほうが仕事もはかどるぜ』と、ハンフリー・ボガートのように吐き捨てる。そのシーンのなんと甘美なことか。銀行員や税務署員であったら、この台詞《せりふ》はぜったいに決まらない。若いころから確信していたとおり、私立探偵でなければ似合わない台詞が、世の中には厳然と存在するのだった。

木野塚氏がおりたのは上町《かみまち》という駅で、それは電車の車掌に世田谷二丁目は世田谷より上町のほうが近い、と教えられたからだった。タマデンというのは都電と同じ運行方式で、運転手が一人に車掌が一人、切符もなければ途中駅に駅員もいない。そういえばこの辺りは『ボロ市』が開かれるのだったなと、テレビで見た光景を、ふと木野塚氏は思い出した。

駅前の案内表示を確かめてから、ひとつ大通りを越え、小学校のわきを迂回すると、その辺りがもう二丁目十八番だった。夏ならまだ日のある時間だろうに、暗い街灯だけが人気《ひとけ》のない路地を照らし、まるで真夜中に外国へ迷い込んだような、方向感覚のない心細さが広がってくる。人もクルマもほとんど通らず、老眼の視力を鼓舞し、木野塚氏は必死に表札を見てまわった。自宅通勤などと、桃世は見栄を張ったのではないか。付近はどれも立派な門構えで、桃世に似合いそうな住宅は、まず見当たらない。本当はどこかのアパートか、親戚の家にでも間借りしているのではないか。

やっとクルマが通るほどの路地を二度も徘徊《はいかい》し終わったとき、大谷石《おおやいし》の門柱に〈梅谷〉の表札を発見し、思わず、木野塚氏は腰を抜かしそうになった。この道はさっきも通っていて、しかしあまりにも豪勢なたたずまいに、最初から表札を見もしなかったのだ。塀は石垣の築地《ついじ》づくりにイチイの枝を茂らせ、それが街灯のなかに果てが見えないほど、どこまでもつづいている。開いた門の内側には正面に松や欅《けやき》の大木が配置され、石を敷きつめたクルマ廻しがその雑木林を偉そうに迂回している。植木の手入れは夜目にも完璧で、邸全体を桜や椎《しい》がみごとに包み込む。敷地が広かったり建物が凝っていたり、そんなことで驚きはしないが、この泰然《たいぜん》とした豪壮さは、なんとも並の邸ではない。表札には間違いなく梅谷とあって、しかも所番地も符合している。これが本当に、ジーンズに野球帽で飄然《ひょうぜん》と事務所にあらわれた、無愛想で生意気な喋り方をする、あの桃世の家なのだろうか。

気がつくと木野塚氏の足は震えていて、掌《てのひら》とわきの下には汗がにじみ、喘息《ぜんそく》のような息が、ほっほっと吐き出されていた。そういえばいつか谷中で仕事をしたとき、桃世は世田谷の梅谷一族だと明言したことがある。あのときは気にもしなかったが、なるほど、タネを明かせばこういうことだったのか。世田谷の一等地にこれだけの邸を構えているとなれば、先祖は貴族か大名か明治の元勲《げんくん》か。財閥か大臣か株屋か地上げ屋か。しかしそれにしても、こんな家の娘が、なにを好んで私立探偵の助手なんかやっているのだ。なぜ桃世は、この半年間、一度も自分の素姓を木野塚氏に打ち明けなかったのだ。

わきの下の汗が不愉快に熱をもち、血圧が沸騰し、目眩《めまい》と涙と混乱が、木野塚氏の重心をふらりとよろけさせた。そのときクルマ廻しの向こうで高らかに犬が吠え、自分が門の内側に踏み込んでいることを、突如木野塚氏は認識した。足元にはケーキの箱が転がり、鼻水が上唇まで伝って、散り残った楓の枯葉が、ひらりと禿げ頭に舞いおりる。犬の咆哮が耳をつき抜け、悪寒が怒濤のように木野塚氏のプライドを押し退ける。木野塚氏は気弱に、しかし憤然ときびすを返し、ケーキの箱を残したまま、転がるように門を出た。風邪薬も食事も与えられず、親からも見放されて生死の境をさまよっていると思っていたのに、桃世のこの贅沢《ぜいたく》な家は、なんという裏切りか。猫失踪事件を解決してクリスマスプレゼントを奮発してやろうという計画も、すべてが無意味ではないか。毎月毎月、赤字財政のなかから桃世の給料を捻出してきた木野塚氏の努力は、ただの道化だったのか。桃世は腹のなかで、木野塚氏の人生を茶化しつづけていたのか。なんという傲慢《ごうまん》。なんという破廉恥。なんという無神経。私立探偵というのは、ハードボイルドというのは、ここまで残酷な生き方だったのか。人間存在の不可解さを、六十を過ぎた今、知らない町で冬の夜風に吹かれながら、木野塚氏は鋭く思考するのだった。探偵なんかやめてしまおうか。仕事も家庭も放り投げて、ハワイにでも行ってしまおうか。向こうでピチピチの金髪ギャルを見つけ、裏切りも葛藤もない太陽の下、ただ安逸に余生を空費する。そんな人生のどこが悪いのか。幸せになろうという努力を、生き甲斐をもって社会に奉仕しようという意志を、なぜみんな、寄ってたかって、ここまで邪魔しようとするのだろう。

無意識にタバコをくわえ、無意識に火をつけ、無意識に煙を吸い込んで、突然襲ってきた目眩と吐き気に、暗い街灯の下、唖然《あぜん》とする間もなく、木野塚氏はばったりと倒れ込んだ。意識は朦朧《もうろう》としていたが、この光景が美しいのか醜いのか、それでも必死に考えを巡らせた。痩せても枯れても自分は私立探偵なのだ。警官生活三十七年。警視総監賞だって受賞して、新宿に秘書つきの事務所も構えている。だれかに助け起こされても、タバコを吸ったら目眩がしたなどと、口が裂けても、それはもう、金輪際白状できないのだった。

2

「間取りはきちんと調べたんですか」

「間取りといっても、ふつうの、マンションではあるし……」

「猫は人間と違いますからね。信じられないような隙間からも、簡単に出入りします」

「だから、暗かったしな。厳密に調べたわけではないんだよ」

「事故か、ただの家出か、故意の誘拐か、その判断が必要です」

「言われなくても分かってる。そういうことも含めて、要するに、契約書を交わして以降の仕事ということだよ」

まったく、昨日まであれほど心配させたのに、売薬とニンニクジュースを飲んだだけで、桃世の風邪はきっぱり治ったのだという。木野塚氏のほうは昨夜、新宿のションベン横丁で慣れぬ日本酒を飲み、今日は人間をやめたいほどの二日酔いなのだ。頭痛と吐き気と絶望を押して出勤してみたら、なんのことはない、桃世がいつもと変わらぬ顔で、ちゃっかり席についている。まず事務所の埃《ほこり》に文句を言い、ニンニクジュースのつくり方を講釈し、それから猫の失踪事件について、相変わらず生意気な意見陳述を展開する。普段どおりに対処しようとは思っても、木野塚氏の気分に、やはりどこか、陰気な拘泥《こうでい》が尾をひいてくる。喋り方も表情も髪型も、なにも変わっていないのに、桃世の丸い大きな目と視線を合わせることが、どことなく躊躇《ためら》われるのだ。

「どうかしましたか。所長も風邪ですか」

「君とは鍛《きた》え方が違うよ。質素倹約質実剛健、風邪なんか意志力で寄せつけんのだ」

「それにしては顔色が悪いですねえ。奥さんと喧嘩でもしましたか」

「大きなお世話だ。喧嘩しようにも、わたしは家内の顔も覚えていない」

「男の更年期ですかね。自分で思ってるほど、所長も若くないということですよ」

本人は風邪も治って、休養も睡眠もたっぷりとって、それは気分のいいことだろう。しかし木野塚氏が抱え込んだ鬱屈《うつくつ》と不信感には、だれが責任をとるのか。この二日酔いも精神の倦怠《けんたい》も、すべては桃世の隠し事が原因ではないか。

「だけど、やっぱり、大袈裟《おおげさ》だなあ」と、新しいコーヒーを木野塚氏のデスクに置き、立ったまま腕組みをして、桃世が言った。「猫がいなくなったぐらいで、ふつう私立探偵を雇いますかね」

「人はそれぞれだ。金魚を探せという依頼もあったじゃないか」

「あれは話が別です。一千万円の金魚なんて、めったにいませんから」

「沢口……いや、吉川夫人にとっては、実の子供以上の猫だそうだ」

「猫はほかにも二匹いるんでしょう。吉川さんが猫好きなことは分かりますけど、いなくなった猫だけ、どうして特別なんです？」

「そりゃあ、特別に、可愛かったんだろうな」

「プリンスという猫、何円《いくら》だと言いましたか」

「六十万円」

「高いですね。高いことは高いけど、探偵料だってそれぐらいになります」

「そのことも話した。金の問題ではないということで、まあ、なんだな、依頼者にしてみれば、子供が姿を消したのと同じ気持ちなんだろうな」

説明を試みながら、木野塚氏だって本当は、気持ちのどこかに割り切れない疑問を感じていた。いくら高価な猫だからといって、いくら可愛いからといって、あの騒ぎは少し大袈裟すぎる。吉川夫人が金に不自由のない身分であることは分かるが、それでも桃世の実家とくらべたら、ただの庶民という階層だ。桃世への疑惑は疑惑、不満は不満。しかしここはひとまず、私立探偵の職務に徹するべきだろう。桃世の正体がなんであれ、まさか木野塚氏の活躍を妬《ねた》んだ同業者のスパイということも、あるまい。

「マンションの四階から、三匹のうちの一匹だけか。やっぱり、なにか変ですよ」

「人生は不可解な砂漠のようなものさ」と、コーヒーに口をつけ、ニヒルに桃世の顔を眺めて、木野塚氏が言った。「種をまき、水をやって大きく樹木を茂らせる。そうやって社会に潤いを与えることこそ、私立探偵の本分ではないかね」

桃世が一瞬唇をすぼめ、鼻の先を上に向けながら、デスクをまわって、すとんと腰をおろした。なにか意見のありそうな顔ではあるが、瞬《まばた》きをしただけで、私立探偵の本分については反論してこなかった。病みあがりで憂いのひとつも漂わせていいはずなのに、桃世のこの色気のなさは、なにが原因なのか。

「ああ、桃世くん。そういうことで、早速仕事にとりかかろうではないか。いつものとおり、契約書を用意してくれたまえ」

「クリスマスまでには片づけたいですね」

「わたしらのためにも、依頼人のためにもな」

「風邪で休みましたから、わたしも張り切ります」

「無理をせんでもいいさ。淡々と、粛々と、基本どおりの捜査をすればいい」

「善は急げです。いつでも出かけられます」

「わたしはちょいと、野暮用があるんでな。とりあえず君が依頼者を訪ねてくれたまえ。午後にでも三軒茶屋で落ち合おうじゃないか」

コーヒーを飲み干し、ひとつ背伸びをしてから、二日酔いの頭痛を追い払うために、木野塚氏は強く眉間を押さえ込んだ。桃世が出かけたら事務所でもうひと休みし、状況を整理してから、ゆっくりと仕事にとりかかる。吉川夫人が初恋の沢口加津子であったこと。桃世の家が仰天するほどの大邸宅だったこと。それらはすべて、青天の霹靂《へきれき》だった。頭痛薬でも飲んで二日酔いを追い出さなければ、とてもではないが推理も働かない。地道な捜査と鋭利な推理力。その双方を駆使して、これまでにも幾多の難事件を解決してきた。そして今回の事件は、ただの勘ではあるが、最強にして最大、もっとも手強《てごわ》い予感がするのだ。

「所長、本当に大丈夫ですか」

「ん？」

「雰囲気が、どうも、いつもと違うなあ」

「年の瀬になれば雑用も多くなる。人間を長くやっていると、下世話な苦労も増えるものだよ」

「そんなもんですかね。今度の事件、わたしが一人でやりましょうか」

「いらぬ心配だ。午後には三軒茶屋に出向ける……駅のそばにケーキ屋があって、二階が喫茶店になっていた。二時にその喫茶店で落ち合うことにしよう」

桃世が肩をすくめ、木野塚氏の顔に流し目を送りながら、小さく鼻を鳴らした。見方によっては美人でなくもないが、どうせなら髪をロングにして、胸と尻をふくらませ、口紅を赤く塗ってハイヒールをはいてくれればいいものを。半年も相棒を務めていながら、要するに桃世には、私立探偵の秘書がどうあるべきかという、その本質が理解できていないのだ。

「コーヒー、もう一杯いれますか」

「じゅうぶんだ。気を使わんでいいよ」

「それじゃわたし、先に出かけます」

「風邪をひき直さんようにな。年末は人間の気持ちが殺伐とする。スリにもクルマにも、じゅうぶん気をつけるように」

「所長……」

「なんだね」

「なにか隠していません？」

「や、や、なにも……」

「そうですかね」

「わたしが、君に、なにを隠すというのだ」

「どうでもいいですけど、若くはないんです。無茶はしないほうがいいですよ」

すっくと立ちあがり、生意気なウインクをして、首をふりながら、桃世が壁にかけてある革ジャンのほうへぶらりと歩いていった。木野塚氏は噴き出しかけた汗を意志力でおさえ込み、所長用の椅子を軋《きし》らせて、ほっと息をついた。桃世の隠し事は半年も見抜けなかったのに、こちらの心理状態は、なぜ簡単に見抜かれてしまうのか。探偵秘書としての自覚は欠如しているが、勘だけはけっこう鋭いものだなと、木野塚氏はひそかに感嘆した。これであと五年も修業を積めば、もしかしたら、腕利きの私立探偵になれるかも知れないのに。

桃世が手をふりながらドアを出ていき、木野塚氏は生欠伸をかみ殺して、大きく背伸びした。昨日の吉川夫人の電話から、この直前の瞬間まで、かなり壮絶な心理状態がつづいていた。胃と背中にいやな鈍痛がつづいているのは、二日酔いだけが原因ではない。早くこの事件を片づけ、門松と鏡餅を手配して、すっきりした気分で新年を迎えたいものだ。桃世がなんの思惑でこの事務所に勤めているのか、私立探偵という職業にどう関わろうと考えているのか。できればそのあたりも、きっぱりと見極めてみたかった。

＊

木野塚氏が事務所を出たのは正午《ひる》を過ぎてからで、紳士録ぐらい書店で立ち読みできると思っていたのは、基本的な誤算だった。紀伊國屋書店にもデパートにも紳士録のたぐいはなく、結局は渋谷の中央図書館にまわることになった。途中で薬局に寄り、頭痛薬と胃薬と、ついでに一本三千円の栄養ドリンクを奮発した。桃世が出勤してきて捜査に加わるとなれば、木野塚氏ものんびり構えてはいられない。助手のくせに、桃世は所長の木野塚氏を出し抜こうと、いつだって虎視眈々策謀を巡らすのだ。

図書館で木野塚氏が閲覧したのは『各界著名人大名鑑』という、恐れ入った名前のぶ厚い大冊子だった。谷中の相川良作が『世田谷の梅谷』を知っていたぐらいだから、分野はなんであれ、紳士録に名前ぐらいのっているだろう。父親の名前は公一だったか、憲介だったか。いずれにしても住所が合っていれば、それが桃世の実家になる。

政治家、財界人、学者と順を追っていくうち、官僚の項目に、木野塚氏はついに『梅谷公一』を発見した。住所も世田谷二丁目。『実弟の憲介氏は大倉銀行副頭取』とあって、このほうの名前も一致している。姉の由美子《ゆみこ》は芙蓉物産社長の妻。公一の夫人は元外務大臣金升伝蔵《かねますでんぞう》の次女というから、なんともすごい一族だ。公一本人も東大から外務省に入り、現在外務審議官とかいう役職に就《つ》いている。一男二女があり、趣味は釣りと読書。なるほど、こういう経歴の一族であってみれば、世田谷にあれだけの屋敷を構えていて不思議はない。一代の成りあがりではなく、明治時代に形成された上流階級というグループなのだろう。

予想はしていたが、茫然自失。老眼鏡がずり落ちるまで、啞然と木野塚氏は虚空を睨んでいた。桃世が同業者のスパイでないことは判明した。しかしそんな名家の令嬢に、この先どういうスタンスで対応したらいいのか。トラブルでも発生しないうちに、経営難を理由にお辞めいただくか。それとも一挙に、共同経営者の地位にまで格上げしてやるか。

果たしてどんなものだろうと、頭痛薬の効きはじめた頭で、木野塚氏は必死に考えた。金持ちの上流階級の娘だというのに、なぜ桃世はいつもジーンズばかりはいているのか。時計だってビニールバンドの安物で、バックプリントの革ジャンも、まさか百万なんて値段ではないだろう。あの生意気な喋り方も、ひょろ長い手足も木野塚氏を馬鹿にしたようなうすい胸も、もしかしたら、すべて演技なのか。父親は外務審議官。桃世自身も外務省の役人で、なにかの密命をおびて木野塚探偵事務所に潜入しているのか。だとしたら、その密命とは。

なんともはや、これは大変なことになった。外務省が隠密裏に処理したい問題というなら、それは国際的陰謀事件に決まっている。北朝鮮将軍の暗殺か、アラファト議長の誘拐か。日本は北方四島の奪還も狙っているから、そのための対ロシア諜報活動か。木野塚氏がプロの私立探偵であり、国際情勢にも造詣が深いことぐらい、外務省ならいくらでも調べられる。推理力は実証済み。勇気も愛国心も人一倍。子供もいないし夫人にも未練はない。たとえ任務をしくじったところで、それで困る人間は一人もいないのだ。日本を代表する国際スパイとして、木野塚氏以上の適任者は、どこにもいないではないか。桃世がおびている密命は木野塚氏を懐柔し、任務を承諾させるという、まさにそのことなのか。掌の汗を上着の袖にこすりつけ、静謐《せいひつ》な館内に鋭く視線を配りながら、眼鏡をはずし、冷徹に、木野塚氏はにやりと笑みを洩らした。

書店や薬局や図書館をまわったお陰で、思わぬ時間になってしまった。三軒茶屋の駅についたのが二時十五分。階段を駆けあがって構内を走り、また階段を駆けあがって喫茶店にとび込むのに五分。大して疲労を感じなかったのは、木野塚氏の気力が充実してきたせいか、それとも三千円の栄養ドリンクが効を奏したか。

桃世は先についていて、ホットチョコレートのカップを前に置き、膝の電子手帳になにやら思案顔で指を走らせていた。昨日までならいざ知らず、桃世の正体が分かった今となっては、肝心なのは演技力。平然と、粛々と、一世一代、この半年間と同じ雰囲気を装わなくてはならない。

「待たせてしまった。もう昼食は済んだのかね」

「吉川さんのお宅でお寿司をいただきました。口はうるさいけど、けっこういい人じゃないですか」

ふーん、そんなものかねと、コートを脱ぎ、向かいの椅子に座りながら、木野塚氏は憮然と自問した。指に大粒のダイヤモンドを光らせ、入れ歯をして髪を染めて声高に喋りつづける。娘を嫁に出し、亭主に死なれ、どれほどの財産かは知らないが、自宅マンションで猫と安逸に暮らしている。気が向けば、そして桃世のように生意気な小娘が好きなら、寿司ぐらいとって食べさせることもあるだろう。そんな吉川夫人の、なにが気にくわないのか。仮に初恋の相手でなかったら、あるいは向こうから木野塚氏の顔を思い出してくれたら、吉川夫人に対して、もしかしたら、これほど鬱屈した思いも抱かなかったのかも知れない。

「で、どうなんだね。事件に関して、新しい発見でもあったかね」と、注文した昆布茶が来てから、ひと口すすり、桃世の気配をうかがいながら、木野塚氏が言った。

「間取りを詳しく調べてみました。猫が自分で出ていくのは無理なようです」

「ベランダ伝いにもおりられまい」

「二階までが限度ですね。いくら猫でも垂直な壁には張りつけません」

「つまり、出入り口は、ドアひとつだ」

「そういうことです」

「マンションにはエレベータのほかに、階段もついている」

「三階以上の人はほとんど使わないそうです」

「猫にそんな理屈は通用せんよ。隙をみてドアをすり抜けたとしても、自分でエレベータは動かせんだろう」

桃世が電子手帳を閉じ、ジーンズの足を無造作に組みかえて、ほっと頬をふくらませた。表情には無茶な気の強さがあらわれているが、よく見れば、まあ、なんとなく、令嬢らしい上品さもなくはないか。

「たとえばですね」と、小鼻の横を掻きながら、丸い目をぐるりとまわして、桃世が言った。「吉川さんがドアを開けたとき、プリンスが自分で出ていったとして、そんなこと、飼い主が気づかないと思いますか」

「時と場合によるだろうな」

「たとえば？」

「考え事をしていたとか、両手にたくさん荷物を抱えていたとか」

「猫を長く飼っている人は、用心するものです」

「人間の注意力には限度がある。この世間、毎日毎日、不注意による事故が頻発してるじゃないかね」

「所長は、今度も、そういう事故だと？」

「たとえばの話だよ。君がたとえで言ったから、わたしもたとえで答えたまでだ」

「吉川さんは注意していたそうです。プリンスが足元をすり抜けたとしても、階段までは二十メートルあります。他に人のいないマンションの廊下ですから、気づかないはずはありません」

「桃世くん、君は、なにを言いたいのかね」

「簡単なことです。プリンスは自分で部屋を出たのではなく、だれかに攫われた。それも一昨日の、吉川さんが外出している、たった二時間のあいだに」

桃世が左右の眉に段差をつけ、子供のように邪気のない目で、軽くくしゃみをした。木野塚氏は桃世のとぼけた顔を眺めながら、わが意を得たりと、大いに納得した。プリンスという猫があの部屋から、何者かの手によって誘拐されたというのは、昨夜木野塚氏が考えた可能性と同様なものだ。この半年間、手取り足取り教えてきた推理のノウハウを、やっと桃世も体得したのだ。これこそ木野塚氏がほどこした訓練の賜物であり、この成果は外務審議官に伝えられ、それから外務大臣、内閣総理大臣、いやいやもっと、CIA長官からアメリカ大統領にまで、すべからく報告されるべき快挙なのだ。マタ・ハリやジェームズ・ボンドのように、木野塚氏が歴史の表舞台に登場する日が、ついにやって来たのだ。

「どうしました、所長。顔が熱っぽくないですか」

「やや、階段を駆けあがって、体温があがっただけだ」

「それならいいですけどね。年寄りの風邪は命取りになることがあります」

「君に心配されるほど、わたしは、年寄りではない」

「たとえばの話です」

「たとえ話はもういいよ。しかし、なんだな、猫が部屋から攫われたとなると、尋常な事件ではなくなってくる」

「そうですね。そのことに気づいているから、吉川さんも探偵社に依頼してきたんでしょうね」

背中を椅子の背もたれにあずけ、頰に掌をあてがって、同意を求めるように、桃世が木野塚氏の顔色をうかがった。

「吉川さん、わたしたちに、なにか隠してると思いません？」

「ん……なにをだね」

「それが分かれば事件は解決です。わたしね、今度のこと、谷中であった菊の事件と似てる気がします」

そういえば谷中の菊事件は、相川良作という男が菊を荒らされ、犯人をつきとめてほしいという依頼だった。結果は単純。家政婦が若い女への嫉妬からおこなった犯行で、依頼者にも犯人の心当たりはついていた。騒ぎを大きくすることで家政婦の自主的辞職を促《うなが》すという、相川良作の配慮だった。詳しい事実関係は忘れたが、あの事件もたしか、木野塚氏の名推理で解決したのではなかったか。

「しかしなあ、桃世くん」と、昆布茶の湯吞をとりあげ、ふと元に戻して、木野塚氏が言った。「谷中の事件は内部の犯行だった。吉川夫人はマンションでの一人暮らしだよ」

「娘さんが二人います。お嫁にいってますけど」

「同居してないだろう」

「でも部屋の鍵は持ってるそうですよ。二人の娘さんがひとつずつ。それに管理人がひとつ、吉川さん自身がひとつ。あの部屋の鍵は、合計で四本だそうです。要するにですね……」

「や、みなまで言うな。君の推理は分かっている。わたしもちょうど、同じことを考えていたんだよ」

なーんだ、タネを明かせば、簡単なことではないか。猫は一昨日の午後一時から三時の間に、何者かの手で部屋から連れ去られた。吉川夫人本人を除けば、部屋に入れるのは管理人と二人の娘だけ。そんな簡単なひき算に探偵の推理は必要ない。昨日部屋を訪ねたとき、吉川夫人がちょっと、その事実を木野塚氏に告げてくれればよかったのだ。いなくなったのはヒマラヤンとかいう血統書つきの猫。買い値は六十万円。質屋の相場は『古物半値の五割引』というから、猫だってそんなものだろう。たたき売っても十五万円にはなるわけで、管理人か娘か、だれか金に困っている人間がいるとすれば、それで動機はじゅうぶんだ。吉川夫人にしても、身内や管理人を疑っているとは、なるほど、自分の口からは言い出しにくい。

「桃世くん、君にもそろそろ、分かりはじめたようだな」

「なにがですか」

「探偵としての基本的な心得さ。一見複雑に見える事件でも、絡まった糸をほぐしていけば、実態は意外に単純なものだよ。で、嫁いだ娘の住所は、聞いてきたかね」

「聞いてきましたよ。名前も住所も電話番号も」

「そうか。わたしも苦労した甲斐があった。君もどうにか、探偵助手として一人前になってきたわけだ」

桃世が目を見開いたまま、少し唇を尖らせ、欠伸でも我慢するように、ふんと鼻を鳴らした。

桃世がいかに木野塚氏を出し抜きたくても、ここまで来ればもう、勝負は見えている。三人のうちだれが犯人か。地道な捜査とコロンボ警部のようなねばりと、人間心理の機微を感知する人生経験がものをいう。

「ああ、そういうことで、君にはひきつづき、現場付近の聞き込みを頼もうかな」

「そういうことで、ですか」

「現場百回、果報は寝て待て。それも捜査の鉄則だよ」

「所長は娘さんを訪ねるわけですね」

「気はすすまんが、病みあがりの君に無理はさせられん」

「一人は町田《まちだ》で一人は戸田《とだ》ですよ」

「それがどうした」

「方向がまるで別です」

「クリスマスまでには一週間もある。こういう地味で根気のいる仕事は、所長のわたしに任せておきたまえ」

肩で深く息をつき、桃世が膝の手帳を開きながら、口の端を曲げて、呆れたように目を細めてきた。それでも店の紙ナプキンに書き込みを入れはじめたところをみると、木野塚氏の配慮には桃世なりに、感謝はしているらしかった。戸田とか町田とか、そんな地の果てのような場所にはどんな危険が待っているか、知れたものではない。助手は助手らしく、令嬢は令嬢らしく、安全な場所でママゴト的な推理を働かせていればいい。容疑者には管理人も含まれるが、同じ建物内にいて職を失う危険を冒すというのは、あまり常識的な発想ではない。捜査の基本はあくまでも、常識的な論理学なのだ。

「ほほう、町田市成瀬台《なるせだい》か。町田というのは、千葉県だったかね」と、桃世から紙ナプキンを受けとり、そこに書かれた名前やら電話番号やらを眺めながら、木野塚氏が言った。

「東京ですよ。小田急線のずっと奥」

「おう、あの町田か。そういえば警視庁にも町田から通っている同僚がおったな。で、戸田というのは?」

「よく知りませんけど、競艇のある町じゃないですか」

「どこと協定したんだね」

「はあ?」

「戸田という町が、どこか外国の町と姉妹協定でも結んだんだろう」

「冗談はやめてください。わたしが言ってるのはボートレースの競艇です。たしか埼京線《さいきょう》で、赤羽《あかばね》の先だったと思います」

冗談を言ったつもりはなかったが、冗談だと決めつけられれば、木野塚氏にしても、冗談として笑いとばすより仕方ない。競艇はもちろん競輪だの競馬だの、そういう不道徳な社会現象とは無縁に生きてきたのだ。国際情勢への造詣は深くても、下世話な社会情勢には、ひと息ついていけない。人生とは死ぬまで勉強なのだと、真摯《しんし》に木野塚氏は反省した。私立探偵には強靭《きょうじん》な意志力も必要、同時に柔軟な感性も不可欠なのだった。しかし桃世の言うとおり、町田と戸田とではなるほど、東京を跨ぐほどの距離がある。

「桃世くん。ひとつ忠告しておくが……」と、伝票をつまみあげ、横顔でニヒルにウインクをして、木野塚氏が言った。「事件の捜査ではどこに危険があるか分からない。ただの聞き込みとはいえ、じゅうぶん気をつけてくれたまえ」

「ここの勘定は所長もちですか」

「捜査に経費はおしまんよ」

「太っ腹ですねえ。所長と仕事ができて、わたしも幸せでした」

「お世辞はいらんさ。さて、それでは、わたしは町田とやらに出向いてみようかな。朗報を期待して、君はせいぜい基本捜査に徹してくれたまえ」

桃世がうなずくのを確かめてから、木野塚氏は腰をあげ、コートと伝票を摑んで、悠然とレジへ歩いていった。町田と戸田との距離は知らないが、できれば今日じゅうに二ヵ所をまわりたい。どちらの娘が犯人であっても、簡単に口を割るとは思えない。まず感触をたしかめ、証拠をそろえてから、徐々に外堀を埋めていく。私立探偵の仕事は警察とは違うのだ。ただ事件を解決すればいいというものではなく、依頼者や犯人に対する気配り、つまりは人間に対する博愛こそが肝要なのだ。そのへんの理屈は、日々木野塚氏と接する経験のなかで、桃世にもなんとか理解してもらいたい。木野塚氏が国際舞台に登場した暁《あかつき》には、もし環境が許せばの話だが、そのときもまた、桃世に助手を務めさせないともかぎらないのだから。

3

三軒茶屋からタマデンに乗れば、山下《やました》という駅は小田急線の豪徳寺《ごうとくじ》につながっている。地図を買って眺めてみても、町田市が東京都であるという事実が、どうにも木野塚氏には納得できなかった。多摩川の向こうは神奈川県と、子供のころからずっと思い込んでいた。実際に小田急線は世田谷を過ぎると狛江《こまえ》を抜け、一度川崎《かわさき》を通る。それからしばらく行ってまた町田に入るのだから、一種の飛び地のようなものか。どこかで政治家が策謀し、こういう奇妙な区割りを作成してしまったのだ。政治家というのは昔から碌《ろく》なことをしないもんだと、電車に長い距離をゆられながら、木野塚氏はひそかに憤慨していた。自分が国際舞台で活躍し、知名度をあげたら、余勢を駆って国会にでも打って出ようか。外務大臣から自治大臣、はたまた総理大臣まで出世の階段を、一気に駆けあがる。そうなったらテレビの美人キャスターどころか、有名女優とだって浮気ができる。私立探偵を経験した総理大臣なんて、たぶん日本にはいないだろう。この混迷した社会情勢だからこそ、バブル崩壊後の経済危機だからこそ、世界は間違いなく、木野塚氏のような良心を希求しているのだ。

豪徳寺から三十分。電車をおり、ホームを吹き渡ってきた風に、思わず木野塚氏は身震いした。町田がこんなに寒いのは政治が悪いせいだ。町田が寒ければ戸田だって寒いはずで、こういう真冬の聞き込みは桃世に任せるべきだったか。所長は所長らしく集まったデータを分析し、暖房の効いた事務所で名推理を働かせる。それも私立探偵としてのスタイルではあったなと、気弱に木野塚氏は自戒した。桃世の台詞ではないが、自分もそれほど若くはない。それに売薬で誤魔化しているとはいえ、今日は朝から死ぬほどの二日酔いなのだ。

頭のなかで愚痴を言いながら、なんとか成瀬台へ行くバスを見つけ、駅前から木野塚氏はそのバスに乗り込んだ。小学生や中学生が多いのは下校時間でもあるからか。自分に孫がいればどれぐらいの歳になるのだろう。小学生か、幼稚園か。そういえば孫の前に子供が必要だったなと、行儀よくバスに乗っている子供たちを眺めながら、くすりと木野塚氏は自嘲した。平凡な家庭に心優しい孫や子供。そんな光景も想像しなくはないが、首をふって妄想を追い払う。映画でも小説でも孫を連れた私立探偵なんか見かけない。総理大臣も国際スパイもけっこう。しかし自分はやはり私立探偵に徹しよう。不幸で孤独な結婚生活だからこそ、子供も孫もいないからこそ、哀愁が漂うのだ。やはり私立探偵が天職、これが男のロマン。桃世や外務審議官の父親には申しわけないが、国際政治への勧誘は、丁重に辞退する。私立探偵を男の本懐と決めた以上、最後までこの道をつきすすむのだ。ハードボイルドとはなんと苦しく、なんと高潔で、そしてなんと美しい生き方なのだろう。

時間は四時。成瀬台中学校前でバスをおり、地図と住所メモを頼りに、木野塚氏は気ぜわしく成瀬台を歩きはじめた。見渡すかぎり丘陵を切り開いた住宅地で、そこここに鬱蒼《うっそう》とした林も残っている。東京もここまで来れば地方都市と大差はない。地元に公立の中学校も小学校もあるのに、町田駅から子供がバスに乗ってきたのは私立に通っているせいだろう。木野塚氏には見当もつかないが、子供を一人育てるというのは、とんでもない金と労力が必要なのかも知れない。

夕闇が薄く被さり、住宅見物にも飽きてきたころ、成瀬台三丁目に、木野塚氏はやっと目指す〈小林《こばやし》〉の表札を発見した。新建材の二階建て。狭い庭に物干しベランダ。どこにでもある建て売り住宅で、門の内側には寒椿が賑やかに赤い花を咲かせている。

出迎えた吉川夫人の長女の名前は、小林涼香《すずか》。怪訝そうにあらわれたその女の容貌に、木野塚氏はまず、愕然《がくぜん》と恐怖を感じた。子供にどんな名前をつけようと、公序良俗に反してないかぎり自由ではある。しかしこんな小山のような大女が涼香では、いくらなんでも、世間に失礼ではないか。顔は昨日仏壇で見た男の写真とそっくり。生まれたときは赤ん坊だったにしても、顔を見ればその子の将来に想像はつく。世の親というのは、自分の風貌とその遺伝子に、これほどまで無謀な期待を持つものなのか。

「お話だけ伺って、すぐに失礼しますよ」と、コートを脱ぐ気にもならず、玄関の沓脱《くつぬぎ》に立ったまま、木野塚氏が言った。「母上の猫がいなくなった件については、ご存知でしょうな」

「いなくなったって、どの猫です?」と、肉厚な顔に表情も浮かべず、他人事のような声で、小林涼香が訊き返した。

腰のうしろには歩き出したばかりの子供が隠れていて、人見知りをするのか、顔を出したり入れたり、可愛げもなくまとわりついてくる。

「プリンスとかいうヒマラヤンの猫ですよ。母上から電話ぐらいおありでしょう」

「知りませんわねえ。いつのことですの」

「一昨日の正午《ひる》過ぎなんですが、本当に連絡はありませんか」

「母はそんなことぐらいで興信所を頼みましたの」

「奥さん。失礼ですが、わたしは私立探偵ですよ」

「似たようなものじゃない。興信所を雇うお金があるなら、うちに貸してくれればいいのに」

「お宅に……なるほど、そういうことなら、そういうことですな」

私立探偵と興信所の区別もつかないとは、なんと無知な女か。その違いをシャーロック・ホームズの活躍で説明してやってもいいが、今はそんなことに時間を使えない。見たところ小林涼香は専業主婦らしく、玄関奥の台所で夕飯の支度でもしているようだった。沓脱には子供のズック靴やサンダルが散らばり、あがり口には汚れたスリッパが無方向に並べてある。貧しくもなく、裕福でもなく、なにかの都合で突然金が必要になる事態も生じそうな暮らしぶりだった。この女なら、躊躇もなく母親の家から猫を持ち出すぐらいの無神経さを、たぶん持ち合わせている。

「しかし、不思議ですなあ」と、コートのポケットに手を入れたまま、口元に意識的な影をつくって、木野塚氏が言った。「猫の値段は六十万円と聞いております。そんな猫がいなくなったら、まず娘さんたちに連絡しませんかな」

「六十万円もあれば、うちなら中古のクルマを買うのに」

「そういうことではなく……」

「母にも困ったもんだわ。興信所まで雇ってまた同じ手を使うなんて」

「仰有る意味が分かりませんが」

「聞いていませんの」

「や、なんとも……」

「猫で騒ぐのはこれで二度めですよ。そりゃあね、母が一人で淋しいことは分かります。だけどわたしにだって生活があるじゃないですか。そうは年中、母にばかり構っていられませんわ」

「猫の騒ぎが、二度め？」

「まったくねえ。一年もたっていないのに、また同じ手だわ。いっそのこと新興宗教にでも凝ってくれないかしら」

小林涼香がぶるんと尻をまわして、子供を前にひき出し、その子の首でも絞めるように、頭の上に深くおおい被さった。なんとも手荒い扱いだが、不思議に子供もいやがる様子は見せなかった。猫の騒ぎが二度めで、この娘が母親を疎んじているとすれば、今度の事件も、だいぶ話が違ってくる。

「ああ、奥さん。一年前の猫騒ぎというのは、どういうものでした」

「今度と同じですよ。なんとかいう毛の短い猫。それがいなくなったとかで大騒ぎ。わたしも妹も二日間母にふり回されたわ」

「で、結果は？」

「腹が立つったら。母が自分で猫ホテルに預けてたんですよ。わたしたち姉妹《きょうだい》が母のことを忘れたからだって。冗談じゃないわ。主人と二人の子供とPTAと町内会と、それに主人のほうにだって親がいるんですから」

「専業主婦というのも、忙しいもんですな」

「そうでしょう。いえね、わたしだって時間があれば、そりゃ母につき合わないこともないわよ。でもそれならそれで、ふだんから孫に小遣いをくれるとか玩具《おもちゃ》を買ってくれるとか、気を使ってくれればいいでしょう。それをあの母ったら、孫にお年玉さえ出さないんですよ」

「なんとも、はや……」

「猫や興信所に使うお金があるんなら、少しは娘のことを心配してもらいたいわ。都合のいいときだけ自分のことを心配しろなんて、虫がよすぎる。あの人って、昔から、まったく自分勝手なんだから」

吉川夫人の性格については、解説を受けなくても、だいたいの想像はつく。あの枯れ木のような体軀に深い小皺に陰険な目つき。相手の言葉をさえぎっても動きつづける薄情そうな口。そういうものに不快を感じるのは、他人ばかりではないのだろう。少年のころ恋い焦がれた少女に対して、四十五年もたってから、まさかこれほどの悪口を聞くとは思わなかった。しかも目の前のこの大女は、なんの因果か、沢口加津子の娘なのだ。

「どうやら、見当ちがいだったらしい」と、ポケットから手を抜き出し、いとまの素振りを見せて、木野塚氏が言った。「猫の件は、ご存知なかったようですな」

「最初からそう言ったでしょう。母に会ったら伝えてくださいな。こんな騒ぎを起こす暇があったら、リュウタとカツヒコにクリスマスプレゼントでも贈れって」

夫婦喧嘩は犬も食わぬというが、親子喧嘩だって似たようなものだろう。木野塚氏の関心は猫の行方であって、母と娘のあいだに横たわる、愛憎ではないのだ。

「母上がご利用された猫ホテルは、記憶にございますか」

「下北沢《しもきたざわ》だったと思うけど」

「ホテルの名前は？」

「そこまで知るもんですか。猫だとか犬だとか、わたし、大嫌い」

「や、お忙しい時間にお邪魔しましたな。母上とは電話ででも、ゆっくりお話しください」

木野塚氏が慇懃に頭をさげ、小林涼香が尊大にうなずき、ついでに足元の子供が、甲高い叫び声を張りあげた。子供なんかいなくてよかったかなと、玄関を出ながら、つくづく木野塚氏は考えた。苦労して育ててもいつかは親のことなんか忘れてしまう。忘れるだけならまだしも、性格や生き方に雑言《ぞうごん》までとばすのだ。この地球における緊急課題は人口を削減すること。その意味において、木野塚氏がとった選択は、全人類的にも正解だったろう。

バスに乗り、小田急線と埼京線を乗り継いで戸田に出たときには、もう七時を過ぎていた。東京を横断し、埼玉までやって来たのに、まだこんなにも人があふれている。新しい駅舎から着ぶくれた帰り客が吐き出され、商店街もない暗処《くらみ》のなかに急ぎ足で消えていく。電車からはいくらでも人がおりてくるのに、町にはお世辞ほどの活気もない。郊外というのは、もともとこういうものなのだ。荻窪だって今でこそ都会風な商店街が並んでいるが、木野塚氏の子供のころは付近一帯が田圃と畑だった。善福寺川で魚釣りもしたし、水遊びもした。戸田という町の暗さと寒さに、なんとなく木野塚氏は懐旧の情をもよおした。高校に入って沢口加津子に出会ったのは、それから何年もしない日のことだ。東京の変わり様も、沢口加津子の変容も、残念ながらどちらも、木野塚氏には手の届かないところの出来事だった。

街灯もない直線道路に、空地を吹き荒れる風。遠くには郊外レストランとパチンコ屋の看板。そのなかに突然、勘違いでもしたかのような高層マンションが顔を出す。名前は『リバーサイド戸田』。吉川夫人の次女である細川優美子《ほそかわゆみこ》は、このマンションの七階に住んでいる。名前は優しく美しい子供であっても、長女の涼香と遭遇したあとであってみれば、いらぬ期待は禁物だった。幻想は常に裏切られ、初恋の記憶には苦渋の嵐が吹きつける。現実を直視し、足を踏んばってぐっと奥歯を嚙みしめる。そのことこそ、まさにハードボイルドの真髄なのだ。

絶望を覚悟してマンションの玄関をくぐり、七階にあがってインタホンで用件を告げると、ためらう様子もなく、鉄板ドアがすっと外側に開かれた。木野塚氏は絶句し、狼狽《ろうばい》し、発汗し、それから途方もない緊張に、気絶するほどの幸福感を味わった。部屋に招き入れてくれた細川優美子は、現在の吉川夫人ではなく、少女時代の沢口加津子に、なんと驚くほど生き写しなのだった。

もちろん既婚婦人だから、年齢は三十を超えている。それでも華奢《きゃしゃ》な躰に長い髪。細身のパンツに丸首セーター。化粧っ気のない顔に石鹼の香りを匂わせて、涼しげな二重の目でじっと木野塚氏を見つめてくる。忘れていた胸の高鳴りを、初恋の甘美な陶酔を、恥ずかしながら、木野塚氏は圧倒的な実感として認識した。姉と妹におけるこの容貌の差は、天罰なのか、救済なのか。

「姉から電話が来ましたけど、母がまた猫の騒ぎを始めたんですってね」

少しかすれ気味ではあるが、声もいいしアクセントにも、陶然とするほどの品がある。ダイニングを兼ねた居間も清潔で、家具や壁の絵には天賦《てんぷ》の芸術性が漂っている。なによりも心地いいのは、あの無神経で喧《やかま》しい子供という生き物が、どこにもいないことだった。

「それにしても『私立探偵』というのは、大袈裟ですわねえ」と、木野塚氏の名刺を眺めながら、軽く眉を寄せて、細川優美子が言った。

「当社としても、こういう仕事は特別サービスです。木野塚佐平。捜査人生三十七年。警官時代は警視総監賞も受賞いたしました」

「母とはお知り合いかなにか？」

「や、や、や……ただの依頼人と、探偵の関係です」

「そんな偉い探偵さんが、なぜ猫なんかを？」

「なんといいますか、その、実は今、国をあげて『歳末特別スパイ撲滅週間』というのをやっておりましてな。わたしのように殺人事件専門の探偵は、少し手が空いておるのです」

「歳末特別スパイ撲滅週間ねえ。そんな『週間』があったかしら」

「ご不審はごもっとも。一般に馴染みはないでしょうが、なにせ相手はスパイです。警視庁と専門家だけが、秘密におこなっている運動なんですよ」

頭のなかで深呼吸をし、額ににじんできた汗を、木野塚氏は手帳をとり出す仕種《しぐさ》で、そそくさと誤魔化した。窓でも開けてもらいたいところだが、こういう内面の動揺を表に出さないことも、またハードボイルドなのだ。

「ああ、ところで、奥さん……」と、開いた手帳で顔を隠し、ひとつ咳払いをして、木野塚氏が言った。「お見受けしたところ、お子さんがいらっしゃらんようだが」

「つくっておりませんの」

「いわゆる、デンスケというやつですか」

「はあ?」

「結婚しても子供をつくらず、夫婦が友人同士のように暮らすという……」

「ディンクスじゃありません?」

「世代によってはそうも言いますかな。しかしいずれにしても、子供をつくらん主義というのは、ある意味で文明の帰結ではありますなあ」

「わたしと主人ね、主義で子供をつくらないわけではありませんの。お互いに仕事が面白くて、もう少し待とうというだけのことですのよ」

「おう、おう、これは、失礼した。自分の生き方がデンスケだったもので、つい他人の人生も決めつけてしまった。失言は深くお詫びします」

細川優美子が顎の先を指でおさえ、髪をふり払って、優雅に足を組みかえた。いくら相手が高名な私立探偵とはいえ、見ず知らずの木野塚氏を迎えてこれほどの対応をするのだから、優美子は相当に心が広い。

「で、お二人が結婚をなさって、どれほどになりますかな」と、手帳に鉛筆をかまえ、意識的に厳しい表情をつくって、木野塚氏が言った。

「そろそろ五年になりますわね」

「ご主人の職業は？」

「出版社で雑誌の編集をしております」

「あなたご自身もお勤めを？」

「わたしは自宅で、イラストを描く仕事をしています」

「なんとまあ、今流行の、あれですな」

「あれ、と申しますと？」

「ええと、流行の、飛んでるドラマとかいいましたか」

「トレンディードラマかしら」

「そ、そうです。その飛んでるドラマ。どうも最近、分からん英語が多くて困るのですよ」

「ねえ木野塚さん、あなた、猫のことを調べに来たのではありません？」

「おう、や、や、奥さんに緊張をほぐしていただこうと、いらぬ心配をしてしまった。ではさっそく……」

緊張していたのは、実は木野塚氏のほうで、細川優美子に指摘されなければ自分がここでなにをしているのか、うっかり忘れるところだった。いくら初恋の記憶に胸が高鳴ろうとも、木野塚氏はハードボイルドの私立探偵であり、目の前のこの女は、事件の重要容疑者なのだ。

「そうですな。ええと、それではまず、アリバイから聞かせていただきましょうか」

「あら?」

「アリバイは、おありにならない?」

「よく知りませんけど、そんなものが必要ですの」

「一応の形式です。テレビの刑事ドラマでもやっているでしょう」

「分かりませんわ。母が猫を隠したことで、なぜわたしのアリバイが必要なのかしら」

「それはですな、つまり……」

それは、つまりと考えて、はたと木野塚氏は壁につき当たった。犯行時間は一昨日の一時から三時。容疑者は管理人と二人の娘。そういうことなら容疑者のアリバイ調べにも意味はある。しかしもし吉川夫人が自分で猫を隠したのだとすると、この訊問はただの茶番になってしまう。だいいちこんな心の優しい、美しくて上品な女性が、たかが十五万円のために猫を盗んだりするものか。

「つまり、まあ、なんですな。事件の全貌をですな、当方としては、概括的《がいかつてき》に把握する必要があるわけですよ」

「大変なお仕事ですわね」

「まったく、まったく。ふだん殺人事件ばかり手がけておって、つい癖が出てしまった。あなたのお考えも、猫を隠したのは、やはり母上ご自身ということですか」

「以前にも同じようなことがありましたもの」

「姉上もそう言っておられた」

「うちの母って、いつまでも子離れができないらしいのね。父が生きていれば気もまぎれるのでしょうけど、一人ではやはり淋しいのかしら」

「お見受けしたところは、気丈で、元気なご様子だが」

「気丈で、元気だから、たまにヒステリーを起こすのかも知れません」

「それで今回も、娘さんたちに、関心を持ってもらいたいと?」

「調べるのは探偵さんのお仕事ですわ」

「ごもっとも。いや、ごもっとも。この木野塚佐平、あなたのために、誠心誠意、不退転の覚悟で尽力いたしましょう」

細川優美子が、くすっと笑い、なめらかな唇の間から、入れ歯ではないきれいな歯を、鮮やかにこぼれさせた。木野塚氏はまた胸が高鳴り、居心地の悪い胸騒ぎで息が苦しくなるほどだった。天の配剤、造形の不思議。同じ親から生まれた二人の娘の容貌が、なぜこれほど違うのか。姉の涼香はこの現実に、三十数年、どういう思いで耐え忍んできたのか。

「わたしが言うのも変ですけれど……」と、わきのテーブルからタバコをとりあげ、ライターで火をつけてから、細川優美子が言った。「母のこと、お願いしますわね。猫のことが狂言だったとしても、気を悪くなさらないで」

「心得ておりますとも。人間心理というのは、なかなか奥が深いものです」

「姉かわたしか、どちらかが母と住めればいいのでしょうけど」

「難しい問題ですなあ」

「母に性格を変えろとは言えませんし」

「わたしの助手などは母上と気が合ったようです。人間には相性もありますから、あまり気になさらんほうがよろしい」

「母が傷つかないように、それだけ、とにかく、お願いいたしますわ」

この優しさ。この謙虚さ。この美しさ。姉の涼香にくらべて、なんと出来た妹ではないか。加えて細川優美子は、タバコまで吸えるのだ。桃世なんか探偵助手を半年もやってるくせに、いまだに一本のタバコも吸おうとしない。場末の喧噪《けんそう》が響くたそがれた事務所で、探偵と美人秘書が気怠《けだる》くタバコを吹かし合う。そういう美しい情景が、なぜ桃世には理解できないのか。イラストレーターというのがどんな職業か知らないが、細川優美子をなんとか、木野塚探偵事務所にトラバーユさせられないものだろうか。

「状況は、どうにか、呑み込めたようです」と、ゆっくり腰をあげ、ネクタイと背広の襟を直しながら、木野塚氏が言った。「穏便に、だれも傷つかんよう、慎重に調査いたしましょう。偶然とはいえ母上が当探偵事務所を選ばれたのは、まったくの幸運だった」

「お願いしますわね。結果が出たらわたしにも教えてくださる?」

「もちろんです。それにわたしは、イラストにも個人的に興味がありましてな。後日、間違いなく、もう一度伺いますよ」

細川優美子が微笑み、その沢口加津子に似た顔に正面から向き合って、木野塚氏の胸に、また言い様のない切なさが込みあげてきた。甘苦しい思いをふり切るように、決然ときびすを返し、背中に漂う哀愁を意識しながら、素っ気なくドアに歩き出す。惚れた女の視線を冷たくしりぞけ、不幸な私立探偵が一人、傷ついた心を抱えて悄然《しょうぜん》と夜の闇に消えていく。この感涙、この胸の苦しさ。私立探偵を開業したときから、まさに木野塚氏は、こういう瞬間をこそ待ちわびていたのだ。

冷たい革靴に足を入れ、コートを小粋にひっかけて、きっちり三十五度の角度まで、木野塚氏は万感の思いでうしろをふり返った。

「見送りはけっこう。夜の暗さには慣れていますよ。それにしても優美子さん、わたしが過ごしてきたデンスケ人生は、なんだったのでしょうなあ」

4

木野塚氏は所長用のデスク。桃世は通りに面した窓の前。コーヒーは冷めきり、ガスヒーターの風音が耳鳴りのように空気を震わせる。来客用の椅子からパソコンからコピー機まで、半年間でずいぶん探偵事務所らしくなったものだ。もう一人秘書を増やすスペースがあるだろうかと、ふと木野塚氏は思考してみる。秘書を雇ったら桃世を助手専任にしなくてはならず、シミュレーションとしては可能でも、現実では不可能な仮説だった。それだけの仕事があるはずもないし、秘書と助手とが所長を挟んでヤキモチを焼き合うトラブルだって、じゅうぶん考えられる。

「難しい問題ですねえ。一年前にも猫の事件ですか」

椅子を立ったり座ったり、窓と壁の間を往復したり、桃世はもう三十分も思案顔をつづけている。歩きまわって事件が解決するはずもないが、少なくとも木野塚氏のほうは、柄にもなく連日の二日酔いだった。所長用の椅子におさまってはみたものの、細川優美子の面影がちらついて、どうにも集中力が定まらないのだ。

「娘さんは二人とも、お母さんの狂言と決めつけてるわけですね」

「可能性は大いにある」

「でもそんなことで、探偵まで雇いますかね」

「二度めだからこそ雇ったともいえる。同じように自分で騒いだだけでは、だれも信用せんだろう」

「雇っても、けっきょく、信用しないじゃないですか」

「ふだんの心がけだろうな。吉川夫人は娘たちに、信用されない性格なんだ」

桃世が窓枠に寄りかかったまま、短い髪を指で掻き、肩をすぼめて、しゅっとくしゃみをした。本人は治ったと言い張るが、まだ風邪の後遺症は残っているらしい。

「吉川さんが隠していたのは、その件でしょうかね」

「一年前も同じ事件を起こしたとは、そりゃあ、言えなかったろう」

「所長はどう思います？　本物の誘拐か、狂言か」

「いやあ、わたしも昨日から、ずっと同じことを考えているんだよ」

そうは言ったものの、木野塚氏が昨日からずっと考えていたのは、実は細川優美子のことだった。切れ長の美しい目。軽くタバコをはさんだ優雅な指。母親を思う優しい心情。同じ二日酔いではあっても、今日の頭痛のなかには、まだ切ない心の震えがくすぶっている。

「わたしには、狂言とは思えないな」と、大きく腕組みをし、また壁のほうに歩いて、桃世が言った。「吉川さんは、少しは我儘《わがまま》かも知れません。一人暮らしで淋しくて、子供たちの関心をひきたいかも知れません。でもそれなら、二回も猫を使いますかね。いくらお年寄りでも、別な方法を考えると思います」

「吉川夫人はわたしと同じ歳だ。年寄りといっては、失礼に当たる」

「へーえ、そうですか」

「わたしだってこのとおり、華麗に現役をこなしている」

「歳まで調べたんですか」

「それは、まあ、なんだな……」

「どうでもいいですけど、でもやっぱり、二回も同じ手は使わないと思いません？」

言い方は気にくわないが、桃世の意見にも、一理はある。吉川夫人にアルツハイマーが来ているとも思えないから、ただ騒ぎを起こすだけなら、別な手段を考えるだろう。一方窃盗などの犯罪者はいつも同じ手口を使うという統計もあっては、要するにここで考えていただけでは、どちらとも判断はつかないのだった。

「あの依頼者にはヒステリーを起こす性癖があるらしい。今回の騒動も、一種の発作だったのかも知れんよ」

「探偵事務所に、十社も電話したんでしょう」

「そう言っておったな」

「一昨日は所長が出かけました」

「言わずもがなだ」

「そして昨日は、わたしが行って話を聞いて、ちゃんと契約書も交わしました。発作的に思いついたことなら、どこかで思い直すものです」

まったく、言い草は気にくわないが、論理的には的を射ている。木野塚氏が二日酔いでもなく、目の前に細川優美子の顔がちらついてもいなかったら、同じ結論を導くに決まっている。どうせ桃世の推理や論理は、すべて木野塚氏が教えたものなのだ。

「と、いうことはだな……」と、冷めたコーヒーを無意識にすすり、椅子の背に寄りかかって、木野塚氏が言った。「君は外部犯行説をとりたいわけかね」

「論理と常識の帰結です」

「論理と常識のなあ。そういえばもう一人の部外者からも、話は聞いたんだろう」

「管理人さんはシロだと思いますよ。マンションの住人からいちいち物を盗んでいたら、仕事になりません。それより、どうも、わたしには吉川さんの評判が気になります」

桃世が席に戻ってきて、椅子を軋らせ、デスクに肘をすべらせながら、天井を仰いで大袈裟に頬杖をついた。細川優美子の幻影に気をとられていたが、そういえば桃世だって、梅谷一族とかいうところの令嬢なのだ。

「吉川夫人の評判とは、どんなものかね」

「マンションとかご近所とか、それとなく聞いてみました。評判はよくありません」

「猫が喧しいとか本人が口うるさいとか？」

「猫のことはいいんです。分譲マンションですから規制もありませんし。ただ、なんというか……」

「君は寿司を食わされて、懐柔されたはずだろう」

「それは話が別です。吉川さんの陰険さって、限度を超えてるようです。ゴミの出し方に文句を言ったり、遊んでいる子供を叱りつけたり」

「どこにでもそういう年寄りはいるものだ」

「ゴミの集積場を見張っていて、分別の仕方や袋の色にいちいちチェックを入れるそうです。子供が廊下で大きい声を出したりすると、親に苦情を言いにいったりね」

「要するに、マンションでも近所でも、いやなおばさんだと思われてるわけか」

「世話好きと口喧しさって、紙一重なんですけどね。吉川さんはだいぶ向こう側へいってるようです」

あの細川優美子の母親であり、木野塚氏にとっては、曲がりなりにも初恋の相手なのだ。それが評判や娘の証言を総合すると、吝嗇《けち》で自分勝手でお節介で口喧しくて、そのうえヒステリーまで起こすという、まるで『クリスマス・キャロル』のスクルージ老人のような女になってしまう。いくらなんでも酷すぎる評判だが、現在の吉川夫人の顔を見ると、どこかで納得できる気もする。

「困ったもんだが、当事務所としては、事件を解決せねばならん」と、デスクに鉛筆を転がし、ひとつ欠伸をして、木野塚氏が言った。「年月というのは、ことほど左様に、残酷なものだな」

「なんのことです?」

「こっちの話だよ。それで、君の結論は?」

「吉川さんの狂言という可能性は捨て切れません」

「かなりの部分、わたしは、捨て切れんと思うな」

「もうひとつは誘拐です」

「それは分かってる」

「その場合、動機はお金ではなく、いやがらせの可能性もあります。お金が目的なら他にもなにかなくなってるはずですから」

動機は金ではなく、いやがらせか。ありそうな話ではあるが、それが本当だとすると、ずいぶんいやな話でもある。娘や身内だけでなく、マンションの住人から近所の人間まで、吉川夫人を知る人間にはすべて動機があることになってしまう。夫人の狂言であったという結論のほうが、どうせなら、木野塚氏は救われる。

「なあ桃世くん。仮に君の推理どおりだったとすると、ずいぶん的の絞りづらい事件になるなあ」

桃世が頬杖の腕をとりかえ、焦点の定まらない大きな目を、壁から天井に、ぐるりとひとまわりさせた。こういう表情のときは警戒が必要で、だいたいはなにか、よからぬ思惑を秘めている。

「所長、猫のホテルをリストアップしましょうか」

「当然、それも、必要ではあるな」

「時間はかかるでしょうけど」

「かかってもいいんだ。三軒茶屋から下北沢まで、獣医もペットショップも、みんな調べ出してくれたまえ」

「今度の事件、長びきますかねえ」

「そんなことは……」

顔をあげた途端、ふと桃世の丸い目と視線が合って、なんとなく、木野塚氏はいやな予感に襲われた。桃世の表情にもへんな含みがあるし、声の調子にも不気味な和音が感じられる。

「どうせなら早く片づけて、忘年会でもやりたいですよね」

「それは、まあ、そうだな」

「クリスマスイブの夜は空いていますか」

「夜なんか、わたしは、いつでも空いている」

「それならつき合ってください。お店をリザーブしておきます」

「ほほう？」

「青山《あおやま》か原宿《はらじゆく》ですね」

「青山か原宿で、ク、クリスマスを、君と……」

「たまにはいいでしょう。奥さんには申しわけないけど、案外ロマンチックかも知れませんよ」

思わせぶりな表情といい、この不穏当な発言といい、なにを企んでいるのだ。桃世の年頃ならクリスマスは大イベントのはずで、たとえ見栄でも、彼氏やボーイフレンドを手配するのではないか。実は内心、桃世は木野塚氏に憧れつづけていたのか。その可能性は大いにあるとして、そういえば木野塚氏は、外務省から才能を狙われている存在でもあったのだ。いよいよ国際スパイへのスカウトか。しかしそれなら、もう断ることに腹は決まっている。昨夜細川優美子の視線を冷たくふり切ったように、ハードボイルドとしての活躍の場は、この日本にこそある。だいいちロシア語やハングルで、ハードボイルドを、なんと表現すればいいのだ。

「ああ、その、なんだな……」と、おもむろに腰をあげ、桃世の横を遠く迂回しながら、軽く咳をして、木野塚氏が言った。「とにかく君は猫ホテルを調べてくれたまえ。わたしは裏づけ調査で、ちょっと出かけてくる」

桃世が口を曲げて、木野塚氏に気楽な流し目を送り、その視線をさえぎるように、木野塚氏はくるりと背中を向けた。冷汗をかいたり顔を赤らめたり、この年末にきて、ずいぶん忙しいことだ。門松や鏡餅の支度もあるし、細川優美子に会う口実だって、なんとか早く見つけたい。この上桃世に愛の告白をされたら、いくら木野塚氏でも身がもたない。こんな事件はすみやかに片づけ、年賀状書きも済ませて、颯爽とした気分で新年を迎えるのだ。愛も仕事も絶好調。来年こそいよいよ勝負の年だなと、身内から湧きあがる勇気で、木野塚氏は熱く武者震いをした。

＊

三軒茶屋の駅から歩いて十分。茶沢通りにはバスも通っていて、商店街も市場もある。南の窓にはふんだんに日が当たり、それでいて繁華街の喧噪は聞こえない。孤独であるとはいえ、こんな環境に暮らしていて、吉川夫人はどこに文句があるのだろう。路地からマンションの四階を見あげながら、しばらく木野塚氏は自問していた。亭主と死に別れたこと。二人の娘が寄りつかないこと。それらはたしかに、不幸な状況ではある。しかし木野塚氏の記憶にあるかぎり、吉川夫人は実家も裕福で、若いころは人目をひくほどの美人だった。男にもてはやされ、金に不自由したこともなく、この六十年を優雅に過ごしてきたに違いない。姉の涼香はともかく、細川優美子をあれほど美しく聡明に育てたのだから、母親としての務めも果たしている。戦中生まれの日本婦人として、一人の人間として、これ以上なにを望むのか。老いへの恐怖か、自分が醜くなっていくことへの怒りか。それなら吉川夫人より不幸で醜い女性は、世間のどこに不満をぶつけたらいいのだろう。

考えているうちに侘《わび》しくなってきたが、それでも木野塚氏は気持ちを立て直し、玄関をくぐって、エレベータでマンションを四階へあがっていった。事件を早く解決しなければ、のんびりと正月の支度にもかかれない。なによりも細川優美子に会う口実の、『結果報告』が成り立たないのだ。

木野塚氏を迎えた吉川夫人の出で立ちは、綿入れのスカートにモヘアのセーター。その上に金糸の入った黒いチョッキを着て、足にはやはり毛糸のハイソックスをはいていた。相変わらず暖房は効きすぎで、猫の臭気《におい》もそのままだった。

「昨日はわたしの助手が、昼食までご馳走になったそうですな」と、ソファに座り、夫人がテーブルに湯呑を置くのを待ってから、木野塚氏が言った。

「可愛らしくて元気がよくて、気持ちのいいお嬢さんねえ」と、寄ってきた毛の短い猫を抱きあげ、きらりと入れ歯を光らせて、吉川夫人が答えた。

「元気だけがとり柄の女です。ご迷惑をかけていたら、申しわけない」

「迷惑なもんですか。はっきりものを言う人って、わたくし、大好きですのよ」

「助手は、なにを、はっきり言ったんです?」

「部屋が猫臭いとか、わたくしのヘアスタイルが似合わないとか」

「彼女はわたしのネクタイの柄にも、実に有益な、アドバイスをしてくれます」

悪口を言って相手に好かれるのだから、桃世の才能も捨てたものではない。もうひと押しで夫人は、遺産までくれると言いだすだろう。しかし相性はともかく、あんな生意気で胸のぺちゃんこな小娘の、どこがいいのだ。小林涼香の台詞ではないが、桃世に寿司を奢《おご》る金があったら、孫に小遣いの一万円も弾んでやればいいのに。

「で、キヅカ様。プリンスの行方、見当がつきましたの」

「わたしはキノヅカです」

「あら、そうでしたの」

「ともかく、的は絞っておるんですがな。どうも決定打というやつが摑めんのですよ。奥さんにもご協力願えたらと、そう思った次第です」

吉川夫人が肩をそびやかし、猫の頭をなでながら、眼鏡の向こうから遠く木野塚氏の顔を見おろしてきた。夫人の顔が陰険に見えるのは、その遠近両用の装飾眼鏡も、いくらか原因になっている。

「協力といいましてもねえ。わたくしが困ったので、お宅様にお願いしましたのに」

「つい忘れておる事実というのも、意外に多いもんでしてな。人間の記憶なんぞ当てにならんものです」

「プリンスのことは、ぜんぶお話ししたはずですけど?」

「血統書つきのヒマラヤンで、値段はたしか、六十万円でしたかな」

「両親がフランスのキャットショーで優勝したことも、お話ししましたわよねえ」

「すべて伺いました。写真もお預かりしましたよ。わたしの記憶が曖昧《あいまい》なのは、奥さんから一年前の事件を聞いていたかという、そのことなんですが」

毛の短い猫が大欠伸をし、両前足を踏んばってから、夫人の膝をおりて奥の通路へ走っていった。その猫も血統書つきの大層な名前だった気がするが、木野塚氏には貧相な、ただの痩せ猫にしか見えなかった。

「一年前の事件、と申しますと？」と、左手で肩のあたりをさすり、ダイヤの指輪を見せつけるように、吉川夫人が言った。

「わたしのど忘れかも知れませんがな。一年前にも猫がいなくなった件を、奥さんからは、聞いていない気がする」

「お話ししませんでしたもの。聞いていなくて当然ですわ」

「これは参った。情報を操作されると、いらぬ苦労が増えてしまう」

「妙なことを仰有いますわねえ。わたくし、情報なんか操作しませんわよ。そりゃあね、一年前にもちょっと猫が姿を消したことはありました。でもそれと今回のこととは、まるで無関係ですわ。関係ないことなんか、お話ししなくて当然でございましょう」

「事件の捜査というのは、地味な仕事でしてなあ。可能性をひとつひとつひき算していく。その結果答えがゼロというのでは、非常に具合が悪いのですよ」

「仰有る意味、分かりませんわねえ」

「ひき算は当方でやるということです。関係あるなしを決めるのは、わたしどもにお任せくださらんか」

吉川夫人が小さく咳をし、指先で眼鏡の位置を直しながら、ハイソックスの踵《かかと》で、絨毯の毛をぞろりとなでつけた。口元の皺にはファンデーションの粉が浮かびあがり、老眼鏡の向こうの目尻が、かすかに震えたようだった。

「あなた、娘たちに、余計なことを吹き込まれましたのね」

「ほんのサービスですよ」

「仕事を頼んだのはわたくしですのよ。娘とわたくしの、どちらの味方なんです？」

「当方の仕事は猫を探すことで、どちらかの味方になることではありません」

「ですけどね、お宅様の言い方、わたくしが悪いことをしたように聞こえますわよ。お金を払うのはわたくしなのに、そんなの、理屈に合わないじゃありませんか」

「奥さん……」と、思わず肩が凝り、ぐるりと首をまわして、木野塚氏が言った。「事情は存知ませんが、娘さん方と、仲直りされたらいかがです」

「大きなお世話ですわ。お他人様の口をはさむことではございません」

「ごもっとも。や、そうは思うのですが、優美子さんの心情に心打たれましてな。お母上が傷つかんようにと、くれぐれも念を押されました。実に聡明で、美しくて、心優しいお嬢さんだ」

「そんな娘が……」

吉川夫人が鼻水をすすり、眉間のたて皺を深くしながら、節くれ立った指でなん度か、しつこく髪をなでつけた。

「そんな優しい娘があなた、親を裏切って、あんな男と結婚するもんですか。雑誌の編集者だなんていいますけど、裸の女が出てくる如何《いかが》わしいやつなんですのよ。そりゃもう、主人だって反対しておりましたわよ。優美子には商社に勤めている、ちゃんとした婚約者までおりましたのに」

「ははあ、なんとも、難しいもんですな」

「わたくしのことを心配するなら、さっさと離婚すればよろしいじゃありませんか。いつでも帰ってこいというのに、あの子ったら、母親の言うことなんか、まるで耳を貸しませんの」

「若い人たちには新しい価値観がありますからな。戦中生まれのわたくしどもがついていけなくて、当然ではないですか」

「そうは申しますけど……」

「時代の変化というやつです。わたしも助手の言動を間近に見ていて、これが同じ日本人なのかと、驚きの連続ですよ」

茶托から湯呑をとりあげ、渋い煎茶をしゅっとすすってから、短い足を無理やり組み合わせて、浅く木野塚氏はため息をついた。娘の結婚問題で怒ったり、悩んだり、そんなことができるだけ、吉川夫人は幸せなのかも知れない。

「奥さん、いかがですか。このあたりで本当のことをお聞かせくださらんか」と、湯呑を茶托に戻し、背中の緊張を冷静に押しやって、木野塚氏が言った。

「はあ？」

「一年前の事件は、奥さんが自分で猫を隠された」

「ですから……」

「それはよろしい。人間腹が立ったり、自棄《やけ》を起こすこともあります。しかし今回の事件は、そのときとは、まるで状況が違う」

「最初からそう申しておりますわ」

「本当は、奥さん、犯人に心当たりが、おありではないのですか」

吉川夫人の指が膝の上で交錯し、骨張った肩が震えて、首から金のネックレスが、じゃらりとこぼれ出た。色の黒い首筋に鳥肌が浮きあがり、ハイソックスの右足が、堰《せき》を切ったように貧乏ゆすりを開始する。

「そんなこと、知っていたら、どうして探偵さんをお願いしますのよ」

「同様の事例が多くあるのですよ。犯人を告発したくともできず、次善の策として探偵を雇うんですなあ。奥さんもまさか、ご長女の涼香さんを警察に訴えるわけにも、いかなかったでしょう」

二匹の猫が通路口に顔を出し、情けない声で注意をひこうとしたが、夫人はふり向くことも、顔をあげることもしなかった。

「そりゃあ、わたくしだってね……」と、猫を小声で叱りつけてから、ふと貧乏ゆすりをとめて、吉川夫人が言った。「いくら自分の娘でも我慢に限度がありますわよ。黙って猫を持ち出すなんて、まるで泥棒ではありませんの」

「涼香さんにも事情がおありかも知れん」

「だからってあなた、人間にはしていい事と悪い事がございましょう？　町田のあの家だって、当初はわたくしと同居する約束で買いましたのよ。だからこそわたくしも資金を出しましたの。それを、二人めの子供ができて、手狭になったからなんて……」

「や、そういう事情も、おありでしたか」

「親にそんな仕打ちをする子供がどこの世界におりますのよ。あの子は亭主と申し合わせて、最初からお金を騙しとろうと企んだんですわ。そのくせローンが払い切れないとか、子供の入学金が足りないとか、なにかと言えばお金をせがんでくる。先週だって、年越しの資金に五十万円貸せなんて、まったく、厚かましいったらありゃしない」

「その申し出を、お断りになった」

「当たり前でございましょう。これ以上あの子に勝手なことはさせませんわ」

「その借金をお断りになったら、三日前に、六十万円の猫がいなくなった」

「部屋へ入れるのは涼香と優美子だけですもの。そりゃあ管理人さんも鍵は持っておりますけど、あの人が盗みをするはずございませんわ」

「優美子さんも、性格的には、そういうことはしない」

「お金のためにものを盗んだりするのは、涼香だけですわよ。だからって親のわたくしが警察へは行けませんでしょう。あの子はそこまで、ちゃんと計算してるんですわ」

小林涼香の肉厚な、無神経そうな顔を思い出し、さもありなんと、当然のごとく木野塚氏も納得した。テレビのワイドショーなら犯人は美人のほうがいいのだろうが、現実にはそうも事は運ばない。木野塚氏の観察でも、心の醜さは、不思議に顔に出てしまうものなのだ。

「弱りましたなあ。それが事実だとすると、これは家庭内のトラブルになる」と、肩の力を抜き、額の汗をハンカチで拭きながら、木野塚氏が言った。

「だからどうだと仰有いますの。身内のトラブルであっても、解決しなければプリンスは戻りませんでしょう」

「そのあたりを、お二人で、話し合うとか」

「できれば苦労しませんわよ。あの子は知らないと言い張るに決まってます。そういう性格なんです」

「しかし私立探偵がのり出したということで、あちらも動揺はしているはずです」

「手ぬるいですわ。証拠を見つけて、プリンスをとり戻して、あの子を懲らしめてやってくださいまし。二度と手出ししないよう、親を裏切るとどういうことになるか、たっぷり思い知らせてくださいましな」

ひと口に親子の愛憎とはいうが、夫人の怒りや怨念は、どれほど的を射ているのか。親が悪いから子供が反抗するのか、子供の態度によって親が頑《かたく》なになるのか。どちらとも考えられるし、どちらとも言い難い。仮に木野塚氏に子供があったとしても、そんな問いへの答えは、簡単に出はしない。しかしいずれにしても、これで事件の先は見えたのだ。結果も木野塚氏の予想したとおりだった。長女の小林涼香に出会った瞬間から、探偵としての直感がこの女こそ犯人だと見抜いていた。九分どおり事件は解決したことになるが、残りの一分を、さて、どうしたものか。涼香が犯人であることは間違いないとして、吉川夫人の言うとおり、言葉の指弾だけで素直に口を割る相手とも思えない。金に困っての犯行なら、猫はもう処分されている。涼香のアリバイを調べ、町田近辺のペットショップをまわり、これでもかというほど確実な証拠を押さえなくてはならない。クリスマスまではあと三日。桃世と手分けをしたところで、そう早く結果が出るものか。それに首尾よく猫をとり返したとしても、夫人と長女の確執は依然として残ってしまう。涼香を糾弾し、猫をとり戻しただけで『母のことをよろしく』といった細川優美子の負託に、それで木野塚氏は、応えたことになるのか。今回の事件は、事件そのものよりもあと始末のほうにこそ問題がある。吉川夫人が初恋の沢口加津子であること。次女の優美子が当時の面影を、あまりにも多く残していること。その二つの要素が、甘い感傷と一緒に、木野塚氏の心に重いジレンマを押しつける。私立探偵という職業に誇りを感じながらも、こういうシビアな局面は、どうも苦手だった。『事件の解決』とは、本質的に、なんであるのか。事件の解決とは、その事件を担当した探偵が、その事件を気持ちよく忘れられることではないのか。

「言いたくはないが……」と、ふと吉川夫人に身近なものを感じ、禿げあがった額に側頭部の毛をなでつけながら、木野塚氏が言った。「奥さんも、少しばかり、大人げがありませんなあ」

「なんですって?」

「ご自分の意見はおさえても、子供の幸せを願うのが親の務めと思いますが」

「あら、いつだって、わたくしは子供の幸せを願ってますわよ。言いたくないことを言うのも親だからですわ。一度親になったら、親は一生親でありつづけるんですわ」

「あいにく、子供がおらんので……」

「でしたら分からなくて当然ですわね。親には親としての、責任がございますの」

「そのあたりをですなあ、ぐっと堪《こら》えて、愛情の大きさを示したらいかがです。親が子供を選べんように、子供にしても、親を選んで生まれてきたわけではない」

「だからって……」

「承知しておりますとも。だからって、今度の事件を放棄するとは申しませんよ。おひき受けした以上、虚心坦懐《たんかい》、誠心誠意、最後まで解決に努力いたします。それにしても、最初に事情を説明していただければ、いらぬ手間が省けましたものを」

組んでいた足をおろし、渋茶の残りを飲み干して、ほっと木野塚氏は息をついた。心が軽くなったような、反面責任が重くなったような、どうにも落ち着かない気分だった。吉川夫人がもう少し穏やかで、どこかに少女時代の雰囲気でも残していてくれたら、この事件に対してももう少し闘志も、湧いてくれるだろうに。

「そうですな。ということで……」と、腰をあげ、吉川夫人を手で制して、ドアのほうへ歩きながら、木野塚氏が言った。「あと幾日かご猶予をいただきたい。この木野塚佐平、だてに警視総監賞は受賞しておりません。関係者すべてが納得いくよう、この事件に全精力を傾注いたします。奥さんはどうか、心安らかにお待ちください」

ドアを開け、コートに身を包んで、木野塚氏は意識的に、よしと自分に気合を入れた。大して気のすすまない事件ではあっても、今年最後の大仕事なのだ。きれいさっぱり決着をつけ、桃世と忘年会とやらをやって、心機一転、来年は新しい世界に船出する。来年こそは殺人事件を手がけてやるぞと、廊下をエレベータへ歩きながら、強く木野塚氏は述懐した。

三軒茶屋からタマデン、山下の駅から小田急線の豪徳寺へ。歩きながら、電車を乗り継ぎながら、なぜか木野塚氏は細川優美子の顔を思い出していた。本来なら昔の沢口加津子を思い出すべきなのに、どういうわけか意識は現実の人物に拘《こだわ》ってしまう。それは木野塚氏が過去を捨て、自分の人生は将来にこそあるという、前向きな発想を獲得したからだ。思い出はいくら美しくても、そのなかに帰って生きられるわけではない。木野塚氏の会いたいのは現実に美しい優美子であって、昔美しかった吉川夫人ではない。残された人生が短いとはいえ、いや短いからこそ、日々の時間を最大限燃焼して生きるのだ。年明けに着手することはただ一つ。細川優美子を、パートタイマーでもいいから、なんとか探偵秘書として雇い入れること。

町田につき、成瀬台行きのバスに乗るころになって、やっと木野塚氏の意識も事件のほうに向かいはじめた。この事件に決着をつけなければ、細川優美子に結果報告もできない。会えなければトラバーユの話も持ちかけられない。問題は桃世をどう説得するかだが、そんなことは、まあ、なるようになる。とにかく今は小林涼香に犯行を認めさせ、猫を無事吉川夫人の元へ返してやることだ。いくら強欲で無神経な涼香でも、私立探偵が本気で狙っていると分かれば、必ずどこかで恐れ入る。正体の知れている犯人を追いつめる方法は、コロンボ警部の手法を採用すればいいのだ。執拗に食いさがり、じわりと相手にプレッシャーをかけていく。必要なら桃世を動員してもいいし、アルバイトを雇って一斉に聞き込みをやらせてもいい。ここ幾日か、小林家で猫を見かけなかったか。声を聞かなかったか。猫の小便は臭わなかったか。ペットショップにもプリンスの写真を持ち込み、涼香が処分していないかどうかを確かめる。それだけの作戦で一気に攻め立てれば、いかな涼香でも口を割る。こっちはプロで相手は素人。興信所と私立探偵の違いを、この際、はっきりとあの無知な女に思い知らせてやるのだ。

バスをおりたのは成瀬台中学校前。ブロック塀に沿って三丁目まで歩き、昨日と同じ建て売り住宅の前に出る。物干しベランダには家がかたむくほどの洗濯物が並び、郵便受けには広告チラシが猛然とつめ込まれている。ろくな植木もない殺風景な庭に、今日も赤い寒椿だけが、冬の日を受けて律義に咲いている。

ドアが開いて、仕切りから立ちあがった相撲取りのように、大柄な小林涼香がどどっと木野塚氏の前に立ち塞がってきた。

「あら、興信所の方ねえ」

「奥さん、わたしは私立探偵です」

「どっちでもいいけど、たった今、お宅から電話があったわよ」

「ほほう?」

「女の子。たぶんうちへ来るだろうから、事務所に電話を入れるようにって」

「それはまた、お手数でしたな。で、助手は、なにか言っておりましたか」

「それがねえ。笑っちゃうじゃないの。ほら、昨日おたくが騒いでいた猫。その猫がね、なんだか知らないけど、母の部屋へ帰ってきたんですってよ」

＊

吉川夫人の膝の上で、毛足の長い猫が丸く寝息をたてている。首まわりから体幹部にかけては白いものの、鼻の周囲から耳先、足先から尾先と、なるほどシャム猫のような茶のぼかしが入っている。体長はせいぜい四十センチほど。顔立ちも体型も、もう一匹のペルシャ猫と変わった様子はない。人間の都合で二十万円にされたり六十万円にされたり、猫にとっては迷惑なことだろう。見たところ傷はないし、毛並みにも特別な乱れはないようだ。全身を被っている長い毛のせいで、太っているのか痩せているのかも分からない。飼い主のパニックや、木野塚氏や桃世の迷惑を、この猫はどこまで理解しているのか。

「まったくねえ、プリンスの顔を見たとき、そりゃわたくし、自分の目が信じられませんでしたわよ」

混乱はしているのだろうが、それでも吉川夫人の機嫌はよく、木野塚氏と桃世の前には紅茶と苺をのせたショートケーキが置かれていた。木野塚氏が町田からとって返すのに一時間半。同時に桃世も駆けつけて、しばらく言葉もなく、呑気《のんき》に眠るプリンスを茫然と三人で眺めていた。

「しかし、なんともはや、不思議なことですなあ」と、効きすぎる暖房に額の汗を拭き、ちらりと桃世の顔を見やって、木野塚氏が言った。

「でございましょう？　いえね、キヅカ様がお帰りになったあと、わたくし近くのスーパーマーケットへ出かけましたのよ。ほんの二十分か、せいぜい三十分でしたわ。それで帰って参りましたら、プリンスがちゃっかりソファに座ってるじゃありませんの。そりゃもう、嬉しいやら驚くやら。さっそくお宅の事務所に電話したんですわ」

桃世が顎で相づちを打ち、深く腕を組みながら、呆れたような目でぷくっと頬をふくらませる。電話で呼んだ覚えもないから、桃世がここにいるのは、ことの顚末《てんまつ》に興味を持っての仕儀なのだろう。

「桃世くん。その、なんだな、君が小林家に電話をしたのは、夫人の連絡を受けてから、どれぐらいたってのことだね」

「十分はかかってないと思いますよ」

「そのとき、小林の奥さんは、家にいた？」

「もちろんいました。細川さんも家にいて、猫が見つかったことを喜んでいました」

この問いと答えは、探偵と助手における、いわゆる阿吽《あうん》の呼吸というやつだ。木野塚氏が訊いたのは、二人の娘に、猫を戻してそれぞれの家に帰るだけの時間があったか、ということ。桃世はそれに、否と答えたのだ。木野塚氏がこのマンションを出て町田へ向かった経緯からいっても、小林涼香が先回りするのは、まず不可能だろう。理屈は細川優美子も同じで、吉川夫人が部屋を空けた隙に猫を返し、桃世からの電話が入る前に戸田まで帰りつくのは、どう考えても無理な業《わざ》だ。残るのは管理人ということになるが、そんな単純な犯罪で、まともな人間が職を棒にふったりするものか。それでは当初の見解どおり、騒動のすべては、吉川夫人の狂言であったのか。しかし今、猫の頭をなでる夫人の充足した表情に、微塵《みじん》もそんな気配はうかがえない。

「いやあ、神隠しという言葉はあるが、こんな場合はどう表現したものか……」

「やっぱり、クリスマスですかねえ」と、気楽にケーキの皿をとりあげ、フォークを使いながら、丸い目をいっそう丸くして、桃世が言った。「このケーキ、おいしいな」

「桃世くん、ケーキとクリスマスと猫と、それはなにかの判じ物かね」

「ハンジモノって?」

「今ふうにいうと、クイズというやつかな」

「そんな意味はありません。クリスマスで神様が、吉川さんにプレゼントをくれたと言っただけです」

吉川夫人が顔をあげ、桃世の手元に目を細めながら、しゅっと鼻水をすすりあげた。不機嫌でないことは確からしいが、口元の皮肉な皺といい、眼鏡の冷たい光といい、表情の陰険さは変わらない。時間をどう逆行させたら、この夫人の顔に、あの可憐《かれん》な沢口加津子が戻ってくるのだろう。

「梅谷さん、キリスト教徒でもないわたくしに、だれがプレゼントなんかくれますの」

「神は平等だという噂です」

「プレゼントだとしても、この猫はもともとわたくしのものですわよ」

「猫自体ではなく、消えたりあらわれたりしたそのことが、プレゼントです」

「桃世くんなあ、なぞなぞはやめたまえ。猫が空を飛ぶわけでもなし、自分で消えたりあらわれたり、そんなことをするものかね」

「それではだれがやったんです？　小林さんでも細川さんでも、管理人さんでもないでしょう。もちろん吉川さんでもないですよね」

「当然じゃありませんの。自分で隠した猫を探させるために、だれが探偵なんか雇いますか」

「人間の仕《し》業《わざ》でなければ神様がやったに決まってます。六十年間、吉川さんにプレゼントを渡していなかったことを、突然神様が思い出したということです」

　吉川夫人が肩と首をうしろにひき、膝の猫をしげしげと眺めながら、口をすぼめて、ふーと長く息を吐いた。困惑のようでもあり、自嘲のようでもあり、しかし頭のなかにはどんな思いがあるものか。

「さて所長、ケーキもいただきました。そろそろひきあげましょうかね」

「しかし……」

「犯人が神様なら、わたしたちに出る幕はありません」

「ああ、やあ、しかし……」

「所長は神様に文句があるんですか」

「ない。そういうわけでは、ないんだ」

「吉川さんもいいですよね。お嬢さんたちも本心では、お母様のことを心配しています」

夫人が返事をする前に、桃世が立ちあがり、大股に歩いてから、ふり向きざま木野塚氏のほうへ、ひょいと顎をしゃくってみせた。目も強引に木野塚氏を誘っていて、その迫力といい、毅然とした表情といい、木野塚氏に反論をこころみる余地はなさそうだった。なにはともあれ、『母が傷つかないように』という細川優美子の願いだけは、叶ったことになる。

桃世がドアをあけ、吉川夫人と三匹の猫に手をふって、木野塚氏は急かせされるまま、釈然としない気分で部屋をあとにした。なんだか知らないが、六十年も忘れていたプレゼントを神様はなぜ、吉川夫人にだけ賜《たまわ》る気になったのだ。

「どうも分からん。わたしはてっきり、小林涼香を犯人と睨んでいたが」と、エレベータから玄関を抜け、茶沢通りに向かう道を少し歩いてから、立ちどまって、木野塚氏が言った。

「難しい事件でしたね」と、自分でも足をとめ、革ジャンのジッパーを元気よくあげながら、桃世が答えた。「だけど猫が無事で、よかったじゃないですか。案外可愛がっていたのかも知れません」

「神様というのは猫が好きなのかな」

「神様……か。あとで神様には、釘を刺しておきます」

「神様に、釘を?」

「だって所長……」

桃世が木野塚氏の腕をとり、目と口の端を同時に笑わせながら、生意気そうな鼻の頭を遠く道の反対側へふり向けた。木野塚氏も出てきたばかりのマンションをふり返り、その瀟洒な建物に目をやってから、怪訝な思いで桃世の表情をのぞき込んだ。桃世の丸い目は風景を凸レンズのように反射させ、短い前髪を風に吹かせて、額の上でぱらぱらとゆらしている。どうせ髪を風になびかせるなら、せめて桃世も、肩ぐらいまでのばせばいいものを。

「わたし、感心しました。所長の推理は、さすがです」

「ん……まあ、経験というやつかな」

「猫が空を飛んだなんて、所長でなくては思いつきませんよ」

「猫が、空を、飛んだ？」

「所長が言ったでしょう」

「や、や、言ったかも知れんが」

「今ごろは神様も、あの部屋でほっとしています」

「あの部屋……」

桃世が見あげているのはマンションのかなり上のほうで、目の角度は西端の、吉川夫人の部屋がある辺りだった。外部の人間ではありえないとすると、けっきょく桃世の推理も、夫人の狂言で落ち着いたということか。

「あの五階の部屋に小学生の男の子がいます。いたずらで騒がしくて、いつも吉川さんに苦情を言われるそうです」

「このマンション、日照権の都合で上の階ほど狭くなっています。五階のベランダから下をのぞくと、四階のベランダは真下に見えます。トイレが外にありますから、猫もベランダまでは出てきます。輪をつくったロープを上からたらせば、じゃれついて、足か首か、簡単にひっかかりますよ」

「五階の部屋に、か」

声には出さなかったが、両手をコートのポケットに入れ、背中を丸めて、木野塚氏は頭のなかでうーむと唸っていた。猫を上からロープで釣りあげるとは、なんと突飛《とっぴ》な推理であることか。木野塚氏のように論理的な頭脳では、自慢ではないが、そんな発想は起こらない。しかしひき算をしていって、犯人が外部の人間でもなく、吉川夫人でも神様でもないとしたら、その推理は、なるほど、意外なほど現実感がある。猫を戻すのだって、釣りあげた方法を逆に使えばいいわけだ。昔のことわざに『子はかすがい。子は神様』という言い方があるから、犯人は神様という指摘も、あながち間違いということもない。その推理が正しいとすると、たしかに、猫は空を飛んだのだ。

「ああ、桃世くん」と、コートの襟に首をすくめ、桃世を道の先に促しながら、木野塚氏が言った。「ある程度は、わたしの推理と同様なんだがね。裏づけをとるとなると、大変ではないかね」

「裏づけが必要なら大変ですね」

「家宅捜索をするわけにもいかんし」

「どうしても必要なら、五階のゴミから猫の毛を検出する方法があります」

「ふーむ。それも、わたしの考えていたとおりだ」

「でも必要ですかねえ。男の子も猫は返しました。もう手は出さないと思います。クリスマスのプレゼントということで、いいんじゃないのかな」

「クリスマスの、なあ」

「小林さんも細川さんも、今夜はお母さんを訪ねるそうです。電話でわたしが頼んでおきました」

「君の夫人に対する、プレゼントか」

「所長も今度のことは、吉川さんに対するプレゼントでしょう」

桃世が一歩前に踏み出し、肩ごと木野塚氏をふり返って、マフラーに顎をうずめながら、小さく目尻を笑わせた。いつもながらの小癪な表情ではあるが、今日にかぎっては、可愛く見えないこともない。

「今日、所長の机からハンコの朱肉をお借りしました」

「そんなことは構わんさ」

「写真が入ってましたね。あれ、高校時代のものですか」

「ん……」

「最初は分かりませんでした。吉川さん、昔はずいぶん奇麗でしたね」

「き、君、なあ、あれは……」

「初恋の人ですか」

「と、とんでもない。偶然の、ただの、同窓生だ」

「向こうは気づきました？」

「わたしは、高校時代から、目立たぬよう努力をしていた」

「言えばいいのに」

「いやあ、や、桃世くん、四十五年という歳月は、君が考えるほど、軽いものではないのだ」

「そんなものですかね」

「そんなものだよ。そんなものだということで、思い出は思い出だ。わたしは、きっぱりと、そう割り切っている」

言いながら、木野塚氏の頭にはちゃんと細川優美子の顔が浮かんでいて、具体的にはどうきっぱり割り切っているのか、本当は分かっていなかった。机のなかを調べたり、吉川夫人を初恋の相手と見抜いたり、まったく、桃世というのは、油断も隙もありはしない。

「プレゼントにしましょうね」

「なにをだね」

「探偵料のこと」

「ああ、まあ、犯人が神様では、料金ももらえんかな」

「クリスマスって、やっぱりいいですね。わたしも気持ちよく仕事を終えられます」

生意気な結論で、押しつけがましい言い方ではあるが、今回の仕事を初恋へのプレゼントとすることに、木野塚氏にしても異論はなかった。吉川夫人が木野塚氏の顔を思い出さなかったことも、それはどうせ、思い出さない理由があってのことなのだ。見ず知らずの他人として通りすぎ、探偵の技術と愛を、さらりと提供する。そのスタイルはじゅうぶん美しいし、ハードボイルドの心性とは、まさにこの、暗い過去と辛い現実に対する、寛容な美意識なのだ。

気がついたときには、もう茶沢通りに出ていて、車道にはクルマが連なり、歩道にも商店の明かりが活発にこぼれ出していた。猫が突然姿を消そうとも、不意に舞い戻ろうとも、世間は平和で、そして木野塚氏の心も、なぜか平穏だった。こんな安逸な風景のなかに、人間の怒りや悲しみや怨念が息をひそめていることを、だれが知るのか。

桃世の長いジーンズの足がポプラの枯葉を踏みつぶし、白いスニーカーが舗道の敷石を、ぴょんとスキップする。その桃世のうしろ姿に、自分がどこかへ置いてきた若さを、慈しみに似た気分で木野塚氏は思い出す。神様が平等で、六十年間もプレゼントを忘れていなかったとしたら、ひょっとしたら木野塚氏の人生にも、思いがけない幸運が、巡ってこないともかぎらない。

5

原宿の駅から青山通りまで、銀河のような電飾が幻想的につづいている。欅の冬枝は電気の衣装を華やかにまとい、見あげる通行人に温かい吐息を投げかける。クリスマスの装いにひたる見物人が、まるで初詣客のように表参道《おもてさんどう》を行き来する。

しかし木野塚氏が感嘆のため息をもらしつづけている対象は、欅並木の電飾でもなく、通行人の喧噪でもなく、向かいの席でフォークをあやつる梅谷桃世だった。『クリスマスにはレストランを予約する』とは言っていたが、まさかこんなロケーションの、こんな贅沢な店だとは、木野塚氏は予想もしていなかった。加えて今夜の桃世の、なんという変身ぶりであることか。

桃世の衣装は淡い臙脂《えんじ》色のワンピース。髪までは長くならないものの、華奢なハイヒールをはいて、真珠のネックレスやイヤリングまでつけている。このレストランに桃世があらわれたとき、木野塚氏はまさに、気絶寸前の恐慌を来したものだった。それになんの陰謀か、今夜の勘定は、桃世持ちだというのだ。

出てくる魚や鳥料理にもうわの空。ワインの味にもうわの空。ときどき話される桃世の言葉にも、ほとんどうわの空。木野塚氏の胸中に渦巻く思念は、こんなワンピースを持っているのに、こんな形のいい足を持っているのに、桃世は半年もなぜ隠していたのか、ということだった。

「原宿も賑やかになりましたね」と、料理が終わってから、コーヒーのカップを前に置き、丸い目に欅並木の電飾を映して、桃世が言った。「わたしが子供のころは、明治通りに少しお店があっただけなのに」

「実は、わたしは、初めてなんだ」と、無理やりに正気をとり戻し、窓の夜景を一瞥《いちべつ》して、木野塚氏が言った。

言葉を探そうにも、それこそ、なんというか、思考の歯車がまわらない。こんな外国のような場所で夢のような景色のなかに身を置くことは、木野塚氏も不本意ではない。分からないのは桃世の真意で、本来ならこういう夜は桃世の世代にとって、いわゆる書き入れどきではないのか。このハイヒールといい、耳たぶに淡く光るイヤリングといい、桃世は本気で、木野塚氏に愛を告白するつもりなのか。

「なんというか、最近、東京という街の広さを実感するなあ。以前は電車なんか、中央線一本でじゅうぶんと思っていたが」

「広すぎるし、人が多すぎる。わたし、本当はこういう街は嫌いです」

「君が、かね」

「おかしいですか」

「原宿も新宿も、君にはよく似合ってる」

「お世辞はいいです。それにしても所長、前よりお酒、強くなりましたね」

「六十の手習いさ」

「お酒も飲まない、タバコも吸わない。最初は気難しいおじさんだと思いました」

「君が今夜変身したように、わたしだって自己改革はつづけている。勤勉で実直なだけでは、私立探偵は務まらん」

「半年でしたけど、いろいろ面白い事件がありましたね」

「君も、なんだな、いくらか慣れてきたようで、わたしも満足しているよ」

桃世がテーブルにかけていた肘をはずし、腕と背筋をのばして、口元をひきしめながら、なんのつもりか、ぺこりと頭をさげた。

「今年は、本当に、ありがとうございました」

「あ、や、その、こちらこそ……」

「言い出しにくくて、遅くなりました。わたし、ケニアに行くことになりました」

「そうかね」

「少し遠いですけどね」

「構わんさ。わたしだってどうせ冬休みをとる」

「もう少し長い期間です」

「二週間ぐらいか」

「もう少し」

「一ヵ月？」

「もっと」

「一ヵ月半？」

「もう、ちょっと」

「二ヵ月以上となると……」

言いかけて、桃世の生真面目な視線にいき当たり、木野塚氏の躰のなかで、突然、血液の流れがいやな方向に逆流を開始した。ケニアといえばアフリカで、そんなところまで、まさか桃世は、猛獣狩りに行くわけでもないだろう。

「桃世くん、つまり、なにかね」と、指先が震えだし、しかしそんなことには構わず、コーヒーのカップを口に運んで、木野塚氏が言った。「つまり、君は、事務所を……」

「辞めなくてはなりません」

「あ、や、しかし……」

「ごめんなさい」

「さ、三ヵ月ぐらいなら、わたしは、待ってもいい」

「もう少し長くなると思います。二年とか、三年とか」

「それは……」

「父の転勤です」

「お父上は、外務省の……」

「お正月明けにケニア大使で赴任します。わたしも東京は嫌いですから、行っちゃうことに決めました。向こうの環境保護局で仕事をします。気に入ったら、ケニアに住み着くかも知れません」

まったく、言葉がないというのは、このことだった。もう思考は正常に機能しているのに、出すべき言葉の影はいくらでも通りすぎるのに、それを掬《すく》いとって、口から出す作業が、どう努力してもとどこおる。桃世が事務所からいなくなり、目の前から姿を消し、そしてアフリカなんていう気の遠くなるような場所で、環境保護だかなんだか、奇妙な仕事をするという。ケニアまでの電話代は、いったい、どれほどになるのだろう。

「所長、一週間ぐらい前、わたしの家に来たでしょう」と、表情を通常の生意気さに戻し、少し身をのり出して、桃世が言った。

「ん……なんのことだね」

「お見舞いに来たのなら、ちゃんと寄ればよかったのに」

「わたしは、べつに……」

「門の内側にケーキの箱が落ちていました」

「それが、どうか、したかね」

「三軒茶屋の喫茶店、一階がケーキ屋でした。うちに落ちていた箱はあのケーキ屋のものです。家に寄ってくれれば、ケニアのことだって話していました」

「桃世くん、もしかしたら君には、探偵の才能があるかも知れんな」

「もう少し経験をつめば、ですか」

「経験は、まあ、仕方ない。その……」

コーヒーを飲み干し、グラスの水も飲み干して、ネクタイを弛めてから、掌の汗と額の汗を、新しいハンカチで木野塚氏はそっと拭きとった。

「その、ケニアの件は、もう決定したのかね」

「荷造りも始めています」

「ケニアにはパチンコ屋があるまい」

「草原とジャングルと、たくさんの花とたくさんの動物がいます」

「日本人が住むには熱すぎないかね」

「もともと夏は得意です」

「伝染病とか、それから、エイズとかも、流行《はや》っているらしい」

「気をつけますよ」

「ん……それから、戦争もある」

「ケニアではやっていません」

「しかし、アフリカというのは、少し、遠いな」

「絵葉書を出します」

「絵葉書は、それは、嬉しい」

「所長……」

「なんだね」

「世の中には善人というのが、本当にいるんですね」

「そうかね」

「あらためて、この半年間、ありがとうございました」

アフリカは飲み水が悪い。現地人が槍を投げる。夜には窓からライオンが忍び込む。蚊も蝿も多くて、吸血コウモリもいる。それから、それから、桃世に言ってやるべき言葉は、国語辞典ほども思いつく。しかしどの言葉も、たぶん、いやけっして、桃世の決意は変えられない。一度言い出したら南極でも火星でも、桃世はぜったい行ってしまう。木野塚氏の探偵人生のなかから、桃世がぽっかりいなくなってしまうなんて、そんなこと、どうやったら想像できるのだ。

桃世が黙り込み、コーヒーのカップを掌に包んだまま、曖昧な角度で、ぼんやりと外を眺めはじめた。漂っているはずの店のざわめきが、このテーブルだけを礼儀正しく迂回する。胸なんか大きくならなくていいから、髪もロングにしなくていいから、ハイヒールもミニスカートもいらないから、明日も、来年も、ずっと、いつまでもひょっこり事務所に顔を出してもらいたい。

クリスマスのプレゼントを、木野塚氏は、贈ったのか、贈られたのか。

太陽ばかり熱いアフリカの草原が、とまったビデオテープのように、ゆれながら木野塚氏の脳裏を占領する。ジーンズをはき、日に焼けた桃世が腕を組んで、なにごとかライオンに説教をする。光は陽炎《かげろう》をつくり、土埃が舞いあがり、それでも桃世は丸い目を見開いて、にっこりと白い歯をこぼれさす。いくら探しても、その風景のなかに、木野塚氏の姿は見当たらない。

「金魚の事件は、あれは、面白かったな」

「そうですね」

「谷中の菊事件は、家政婦の女性が、気の毒だった」

「ええ」

「わたしも、少しだけ、酒が強くなった」

「はい」

「ネクタイの趣味だって……」

声は出さず、桃世が並木の電飾を映した目で、かすかに顎をうなずかせる。

点滅なんかしていないのに、クリスマスの電球が、木野塚氏の目のなかでにじんだように瞬きはじめる。額の汗をハンカチで押さえ、それから桃世には見えない角度で、木野塚氏は、そっと目頭を押さえ込む。

表参道には星くずのような光がどこまでも連なり、厚着をした見物人が果てしもなく行き来する。これだけの喧噪のなかに、隔離された静謐が、ひょいと木野塚氏の意識を掬いあげる。不可能は承知で、時間よとまれと、木野塚氏は無心に念じつづける。

プレゼントを贈ったのか、贈られたのか。神は木野塚氏を見放したのか、救いの手をさしのべたのか。

終戦後の焼け野原のなか、母親の姿を求めてさ迷い歩く子供の自分を、にじんだ目のなかで、木野塚氏は茫然と直視していた。

創元推理文庫版あとがき

作品の主人公に○○氏という人称を使った小説が、日本にどれぐらいあるのでしょう。山口瞳さんに『江分利満氏の優雅な生活』というタイトルの小説がありますが、それがタイトルだけなのか、内容の記述まで江分利満氏になっているのか、不勉強ゆえ知りません。あるいは星新一さんや筒井康隆さんのショートショートになら、○○氏人称の作品もあるのかと。

もちろん翻訳小説には登場人物を○○氏と記述する作品は、いくらでもあります。これはミスター○○を日本語にするとき○○氏以外に適当な人称がないので、仕方なく用いているものでしょう。もともと○○氏を主人公にすえる記述が日本の小説風土に似合うはずはなく、したがって作品の数も少なくて、あったとしても特殊な設定下での作品に限られます。私も木野塚佐平ものを書きはじめるとき、はたして「木野塚氏」という人称が通用するものかどうか、かなり考えました。しかしまあ、やっちゃえば何とかなるだろう、と怖いもの知らずで始めたのが、本シリーズです。結果的には「木野塚氏」がぴったり。これがもし「木野塚」だったり「佐平」だったり「私」だったりしたら、主人公のこのおバカな可愛らしさだって、たぶん出てこなかったでしょう。

さて、勘のいい読者ならすでにお気づきのとおり、本作品はジェームズ・サーバーの○○氏ものを私なりに、日本の小説に移植したものです。サーバーというアメリカ作家に馴染みのない方もいるかも知れませんが、世代的にはヘミングウェイやフィッツジェラルドと同時期。ノーベル文学賞候補にも推されたほどで、アメリカでは今でも評価、人気ともに高い作家です。「虹をつかむ男」という短編がダニー・ケイの主演で映画化されていますから、そちらでご存知の方もいるかと。私なんか若いころはもうサーバーが好きで好きで、ミネアポリスに短期滞在したときは英語も読めないくせに、書店まわりをしてサーバーの本を買いあさったものです。

さてこのサーバー作品の多くが、なんと表現していいのか、ユーモアギャグおバカ的雰囲気に人生の哀歓《あいかん》がミックスされたような、非常に不思議な短編です。アンソロジーなどで見かけることがありましたら、じっくりとご鑑賞を。しかしそれにしても羨ましいのは、小説でも映画でも、欧米ではギャグやユーモアといったものがちゃんと評価されて、サーバーのような作品が今でも読まれていることです。

「日本人にはユーモア感覚が欠如している」という批判は、耳にタコができるほど聞かされます。私個人としては「そうでもないよな」と思うのですが、はたしてどうでしょう。たしかに名作とかナントカ賞受賞作にユーモア小説は、見かけませんけどね。

なお今回再文庫化にあたり、雑誌に発表した当時の各タイトルを復活させて、連作短編集に変更しました。

解説

中辻理夫

テレビでものまねタレントの芸を見ているとき、本当にそっくりだと笑えないんだろうな、とよく思う。例えば、高名な俳優の癖なり表情なりを誇張して表現するのがおかしいのだ。高名であるゆえんのイメージから価値を剝奪し、無意味なものに変形させているわけだ。

こういうズラしのテクニックは、芸人がイメージ自体を咀嚼《そしやく》し血肉化していないと質が悪くなる。すなわち、観客の持っているイメージ、思い込みを壊すわけだから、中途半端な咀嚼の仕方だと「この俳優、こんな喋り方したかな？」と白けた気分にさせてしまうのだ。

パロディ作品もしかりである。本書はハードボイルド探偵小説を思い切り揶揄《やゆ》した連作短篇集だ。全五話、進むにつれストーリーの膨らみが増していくので、連作形式の長篇小説としても読める。さすが樋口有介、憎らしくなるほどハードボイルドのイメージを完璧に吸収し、からかいまくってくれます。

とはいっても、単に笑えるだけの軽々しい作品ではない。今までハードボイルド小説を読んだことがない人は、新しい知識を得る喜びに浸ることができるだろう。従来のハードボイルド・ファンは、このジャンルの新しい読み方に気付かされるだろう。言うなれば堅苦しくない形式の文芸評論、という側面も持っているのだ。

主人公・木野塚佐平氏は長いあいだ警視庁に勤めていたが、職を離れたのを機に探偵事務所の開業を決意する。元警察関係者なので血なまぐさい犯罪調査に適任か、といえばさにあらず。三十七年間、経理一筋で捜査の実践経験がないのだ。六十歳で定年退職したばかりだから、老境に入っていく年頃でもある。

酒や煙草、ギャンブルや女遊びとは縁遠く、真面目一本やりの日々だった。しかし彼には密かな楽しみがあった。ハードボイルド小説をひたすら読み、登場するフィリップ・マーロウ、リュウ・アーチャーといった、それこそタフな私立探偵の活躍と親しみながら、いつか自分も難事件を解決するヒーローになりたい、と夢想してきたのである。第一話「名探偵誕生」で木野塚氏は事務所開業にこぎつける。そして、自分の想い描いていたヒーロー像からどんどん掛け離れていくのであります。

ここでざっとハードボイルド探偵史を振り返ってみよう。ときは第一次大戦と次の大戦との狭間、アメリカで安価な大衆読み物雑誌＝パルプ・マガジンが幾種類も刊行され人気を博した。ここを根城に一九二三年からキャロル・ジョン・デイリーが短篇で活躍させたタフガイ、レイス・ウィリアムズがハードボイルド探偵の元祖である。同じ時期、ダシール・ハメットも短篇デビューする。コンチネンタル探偵社に勤める中年調査員を主人公に据えるが、面白いのは彼の名前がどの作品においても明らかにされないところだ。いつしかハードボイルド・ファンのあいだでは通称〝コンチネンタル・探偵《オプ》〟と呼ばれるようになる。オプが『血の収穫』（一九二九）で長篇デビューを果たし、ハードボイルド探偵小説というジャンルはさらに認知度を高めた。一九三〇―四〇年代にかけてレイモンド・チャンドラーがフィリップ・マーロウを、ミッキー・スピレーンがマイク・ハマーを、そしてロス・マクドナルドがリュウ・アーチャーを生み出す。このヒーローたちはオプと違い個人経営で探偵をしている。

彼らは当然のことながらそれぞれ個性があって、例えばハマーはかなり凶暴な奴だし、アーチャーは諦念《ていねん》の境地に入っているような醒めた視座が特色である。けれども、なぜかハードボイルドというと一辺倒にトレンチコート、ウィスキー、孤独と感傷とダンディズム、といったイメージが強まってしまったのは、映画化作品に因《よ》るところが大きいのかもしれない。ハンフリー・ボガード主演『マルタの鷹』（一九四一、ハメット原作）、『三つ数えろ』（一九四六、チャンドラー原作）などである。

日本にハードボイルド小説及び映画が活発に翻訳輸入され始めるのは一九五〇年、敗戦処理が落ち着いて以降だ。作品紹介にとどまらず、ハードボイルド・イメージ自体が輸入されたと言える。

木野塚氏は〝形〟から入る人である。自分はハードボイルド探偵なのだから酒を飲まなければいけない、と思う。本当は酒なんか好きじゃないのに。ハマーの秘書ヴェルダのようなセクシー美女を雇いたいと願う。しかし、やってきたのはボーイッシュな女の子・梅谷桃世なのだった。すべてが裏目に出る。

しかも仕事依頼の内容が冴えない。見当たらなくなった金魚の行方を捜して欲しい、飼い犬の恋患いを解決して欲しい、そんなのばかりである。渋々調査に乗り出すと桃世のほうが抜群の推理力を発揮し、これも悔しい限りだ。

情けない。ところが、実はこの情けなさで笑いを提供しつつ、徐々に読者を感動させていく(冗談ではなく本当に)作者の高等技術こそ、本書の真髄なのである。

定型のイメージやパターンからズレるというのは、パロディ小説特有のテクニックではない。そもそも芸術にはそういう傾向があって、すなわちズレることによって作者は従来にない新しいオリジナリティを生み出すわけである。

本国アメリカの動向を見てみると、一九六〇年代後半あたりから、ハードボイルド小説のタフガイ・イメージから脱却する探偵が生まれてくるようになる。好例はマイクル・Z・リューインが『A型の女』(一九七一)で初登場させたアルバート・サムスンだろう。彼は暴力を嫌う心優しき男である。ジョン・ラッツ『タフガイなんて柄じゃない』(一九七六)のアロー・ナジャーも印象深い。彼は元々が神経質で、胃薬ばかり飲んでいる。殺人事件は大の苦手だ。離婚した夫婦のうち養育権のない側が子供を独占しているケースを専門に扱う。子供を取り返し、本来権利のある親のもとに届けるのだ。しかし二人とも単なる臆病者というわけではなく、事件の解決を目指し、実直に任務を遂行していく真摯さに胸を打たれる。リューインもラッツも、地に足の付いたリアリティを追求したのではないかな。暴力やトレンチコートだけがハードボイルド・ジャンルの特性ではない、そういう外形を超えたスピリットを俺は書きたいんだ、と宣言しているようにも思える。

一方、木野塚氏同様、既存のハードボイルド・イメージに影響を受け過ぎた探偵が出てくる作品もある。『誘拐』（一九七一）で初登場するビル・プロンジーニ〈名無しの探偵《オプ》〉シリーズの主人公は、パルプ・マガジン収集が唯一の趣味という冴えない中年男だ。喫煙過多で咳の発作に悩んでいる。作中、名前が明らかにされないのはハメット作品のオプと共通しているものの、キャラはずいぶんと異なる。マーク・ショア『俺はレッド・ダイアモンド』（一九八三）は完璧なパロディ小説である。主人公サイモン・ジャフィーは私立探偵ではない。冷えた家族関係に疲れたタクシー運転手であり、孤独を慰めるためパルプ・マガジンの世界に浸り切っている。ところがそういう趣味に理解のない妻は借金返済のため貴重なマガジン・コレクションを売り払ってしまう。ショックのあまりサイモンは気がおかしくなり、心酔しているタフガイ探偵レッド・ダイアモンドに脳内変身するのだ（ちなみにこの探偵は作中で設定されているだけで、マーロウのように既成の作家が生み出したキャラクターではない）。マフィア組織に潜入したり、失踪事件の調査に乗り出したりと、そのクレイジーな活躍振りが大いに楽しめる。

以上の探偵は皆、単体作品の主人公ではなく、シリーズ・キャラクターである。

こうして見てみると、一口にハードボイルドと言っても作家ごとに様々なアプローチがなされてきたと実感せざるを得ない。なので、本書『木野塚探偵事務所だ』にしても、決して突然変異のキワモノ的作品ではないのである。近年の日本ハードボイルドの例を挙げれば、荻原浩が生み出した『ハードボイルド・エッグ』（一九九九）とその続篇『サニーサイドエッグ』（二〇〇七）を連想する読者もいよう。

樋口有介は創元推理文庫に収められた数々の作品を読んでも分かる通り、青春時代特有の迷いやポジティブさ、強い自意識から生まれるほろ苦い気分などを含有した、穏やかなハードボイルド小説の書き手として評価されてきた。デビュー二作目『風少女』（一九九〇）が好例だろう。大学生の斎木亮《さいきりょう》が東京から故郷の群馬に帰省したとき、かつて中学生のときに好ましく思っていた女の子の死を知り、背後に隠れた謎を追う。この小説のオリジナリティは亮がそれなりに老成しており、非常に覚醒した視座を持っているところだろう。乾いた徒労感が醸し出される。青春時代特有のニヒリズムが表現されているのだ。単純に元気ハツラツなだけが青春ではない。これの延長線上にあるのが三十代後半になっても腰が落ち着かず美女に弱い、つまり大人になり切れないフリーライター柚木草平を主人公にしたシリーズだ。とりわけ『初恋よ、さよならのキスをしよう』（一九九二）は最も『風少女』と連関性を持っていて、どうやらこの作者は主人公の青春が何歳になっても終わらず、大人になり切れていないことをキャラクター造形の立脚点にすることが多いようだ。そこから生じる周囲との違和感が、かなり強固なハードボイルド・スピリットに直結する。つまり探偵の身に着けている鎧《よろい》ではなく、その下に隠れた繊細さに着目する作家性を持っているのだ。

本書の木野塚氏はいわば斎木亮と対極にありつつ、それでいて根底でつながっているキャラクターだ。いい年なのにはっきり言って子供っぽい。それまで生身の人間とあまり関わってこなかったのだから当然であろう。しかし元来が真面目な性格なので、探偵業をコツコツとこなしていくうち、しだいに新しい人生観を得るのだった。

〈六十を過ぎた今、人間というのは奥の深い生き物だと、つくづく木野塚氏は思う。奥が深くて、複雑で、しかも悲しい生き物だ〉(二一四―二一五頁)

〈忍耐と体力と信念。ハードボイルドという華麗な日常の奥には、他人にはうかがい知れない、初歩的な努力が肝要なのだ〉(二四〇頁)

本書は紛れもなく、熟年男性の成長を描いた青春小説なのである。読んでいると元気が出る。なぜなら、六十歳を過ぎても人は成長できる、という希望の光が輝いているのだから。桐野夏生『魂萌え!』(二〇〇五)は熟年女性の成長小説であった。比べて読んでみると、なお楽しめるかもしれない。とはいっても同年代読者限定の作品というわけではなく、二十代、三十代の方にこそぜひ読んで欲しい。俺の人生、いつかいいことあるさ、って気分になりますよ。そういう勇気を与えてくれるのだから、木野塚氏もやはりヒーロー探偵の一人であろう。続篇『木野塚佐平の挑戦』(二〇〇二)も創元推理文庫に(ちょっとだけ改題して)収められる予定なので楽しみに待っていてください。かなり風変わりなヒーローだけれど。

初出一覧

名探偵誕生　〈週刊小説〉一九九二年十月九日号
木野塚氏誘拐事件を解決する　〈週刊小説〉一九九三年一月二十二日号
男はみんな恋をする　〈週刊小説〉一九九三年十月二十九日号
菊花刺殺事件　〈週刊小説〉一九九四年九月十六日号
木野塚氏初恋の想い出に慟哭する　書き下ろし

『木野塚探偵事務所だ』　実業之日本社　一九九五年五月
（講談社文庫　一九九八年九月）

検印
廃止

著者紹介　1950年群馬県生まれ。國學院大學文学部中退後，劇団員，業界紙記者などの職業を経て，1988年『ぼくと、ぼくらの夏』でサントリーミステリー大賞読者賞を受賞しデビュー。1990年『風少女』で第103回直木賞候補となる。他の著作は『林檎の木の道』『彼女はたぶん魔法を使う』『船宿たき川捕物暦』『月への梯子』『ピース』など。

木野塚探偵事務所だ

2008年3月14日　初版

著者　樋《ひ》　口《ぐち》　有《ゆう》　介《すけ》

発行所　(株)　東京創元社
代表者　長谷川晋一

162-0814/東京都新宿区新小川町1-5
電話　03・3268・8231-営業部
03・3268・8204-編集部
URL　http://www.tsogen.co.jp
振替　00160-9-1565
暁印刷・本間製本

乱丁・落丁本は，ご面倒ですが小社までご送付ください。送料小社負担にてお取替えいたします。

ISBN978-4-488-45910-9　C0193

柚木草平シリーズ⑤

A GOOD-FOR-NOTHING FELLOW◆Yusuke Higuchi

夢の終わりとそのつづき

樋口有介

創元推理文庫

◆

警視庁を辞めた俺を、美女が訪ねて来た。
ある男を１週間尾行するという依頼。
元刑事の俺にとって簡単な仕事に報酬は200万円と、
一抹の不安を感じつつもさっそく久我山へ。
しかし目的の男は、１日東京を歩き回るのみ。
うんざりした俺が、知人に尾行を任せた３日目、
男は新宿の公園で餓死してしまう。
死の直前まで飲み食いしていた男に何が？

アクロバティックな展開と会話の味が秀逸な、
若き日の柚木を描いたシリーズ第５弾。
文庫オリジナル。

柚木草平シリーズ⑥

NO ONE LOVES ME ◆ Yusuke Higuchi

誰もわたしを愛さない

樋口有介

創元推理文庫

◆

娘の加奈子に連れまわされた桜の季節。
月刊EYESの打ち合わせで、
新人編集者の小高直海を紹介され、
事件記事の依頼を受けた柚木。
渋谷のラブホテルで発生した、女子高校生殺害事件。
行きずりと思われる犯行に食指は動かないものの、
現場のホテルや、被害者の友人を訪ね歩くと……
イマドキの女子高校生には圧倒され、
次々現れる関係者の美女には翻弄され、
そして事件の思わぬ展開に、
柚木の悩みはまだまだ尽きないシリーズ第6弾。

柚木草平シリーズ⑦

A BAD GIRL ◆ Yusuke Higuchi

不良少女

樋口有介
創元推理文庫

◆

月刊EYESでの原稿書きの仕事があるのに、
ついつい事件調査のアルバイトをしてしまう柚木。
吉島冴子の従姪に届いた不審な手紙の謎。
小高直海の学生時代の友人宅で起こった犬猫殺害事件。
コンビニで出会った金髪の少女が巻き込まれた騒動。
クロコダイルでナンパした美女から依頼された事件。
そして、柚木草平直筆の身上書。

ファン待望の未収録短編集、文庫オリジナルで登場。
杉江松恋氏による、全シリーズの美女（？）リスト付。

収録作品＝秋の手紙、薔薇虫、不良少女、スペインの海、
名探偵の試筆調書 柚木草平

推理の競演は知られざる真相を凌駕できるか？

THE ADVENTURES OF THE TWENTY 50-YEN COINS

競作 五十円玉二十枚の謎

若竹七海ほか

創元推理文庫

◆

「千円札と両替してください」
レジカウンターにずらりと並べられた二十枚の五十円玉。
男は池袋のとある書店を土曜日ごとに訪れて、
札を手にするや風を食らったように去って行く。
風采の上がらない中年男の奇行は、
レジ嬢の頭の中を疑問符で埋め尽くした。
そして幾星霜。彼女は推理作家となり……
若竹七海提出のリドル・ストーリーに
プロ・アマ十三人が果敢に挑んだ、
世にも珍しい競作アンソロジー。

解答者／法月綸太郎，依井貴裕，倉知淳，高尾源三郎，
谷英樹，矢多真沙香，榊京助，剣持鷹士，有栖川有栖，
笠原卓，阿部陽一，黒崎緑，いしいひさいち